KB268214

하루 토막 상식

하루 토막 상식

하루 토막 상식

세상을 다르게 보는 지식

지은이 하토상

메디치

프롤로그

하토상 탄생 배경

하토상은 '하루 토막 상식'의 줄임말. 단단하지 않아도 삶에 스며드는 상식 한 조각이란 뜻 내포. 주변에서 하토상에 대한 질문 세례. "일본 사람이야?", "일본 사케 이름이야?"와 같은 내용. 어떤 분은 '하찮지만 토실토실한 상식 덩어리'라며 재밌게 표현. 두 가지 해석 모두 하토상의 또 다른 얼굴.

전에 동료들과 한우집에 갔는데, 메뉴판에 적힌 '미경산(未經産) 한우'에 눈길. 동료들 모두 '횡성' 한우처럼 '미경산'을 지역으로 알고 있기에 놀랐던 기억. 미경산 한우는 출산 경험이 없는 어린 암소를 지칭. 설명 뒤 모두의 멋쩍은 표정을 기억. 이처럼 우리 주변엔 몰라도 생활에 지장 없는 자잘한 상식이 넓게 분포. 시험에 안 나오기 때문에 등한시된 것을 의미. 반대로 알아서 손해볼 일 없는 상식들. 주변에 잘난 척할 수 있는 기회가 마련될 게 분명한 까닭. 남들이 모르는 걸 알려주는 행위, 자아실현 욕구가 충족된 느낌. 이게 하토상을 해야겠다고 다짐했던 첫 번째 이유.

평소 쓰고, 보고, 듣고, 말하고, 먹고 등 일상 전체가 취미. 오감을 만족시키려는 취지. 특히 예전부터 글쓰기를 좋아해서 머릿속 생각이나 보고 들은 것들을 습관적으로 기록하는 편. 기록이 일상이란 의미. 일상생활에 글쓰기가 주는 많은 이점. 머릿속에 깊이 잠겨 있던 생각 정리가 가장 우선. 또 정리된 생각을 기록하다 보면 머리에 오랫동안 저장. 저장된 게 많다 보니 말할 때 남한테 꿀리지 않는 장점. 잘난 척은 물론, 논리적 설득까지 가능한 능력. 게다가 글 쓸 땐 잡념이 달아나 '명상'으로도 아주 유용. 한 돌멩이로 두 마리의 새를 잡는 '일석이조' 효과. 이게 하토상을 하게 된 두 번째 이유.

앞서 표현했던 '등한시된 상식'이란 알아도 그만, 몰라도 그만인 상식. 과일로 치자면 상품성 떨어지는 낙과(落果)와 유사. 상품성은 조금 떨어져도 제일 맛있는 게 낙과. 의미심장한 비유.

하토상 문체

하토상 문체의 특징은 명사형이 아닌, 주로 명사로 문장 마무리. '○○했음(명사형)'이 아니라 '○○(명사)'로 끝낸다는 의미. 이러한 이유로는 직업의 영향. 어떤 일이든 말보다는 보고서로 승부를 봐야 하는 직업의 특성상, 하루에도 여러 장의 보고서 작성이 기본. 보고서 문체가 체득이 되었다는 뜻.

또 다른 특징은 호흡을 고려한 짧은 문장. 긴 호흡이 힘든 폐가 작은 사람의 호흡이 기준. 때로는 한 단어가 문장이 되는 경우도 존재. 이는 직장 생활 초기, 선배들로부터 "짧고 간결하게 써라."라는 잔소리를 주야장천 들었기 때문이라 생각.

한편 하토상 문체의 또 다른 특징은 단어의 뜻 중시. 한자어 비중이 높은 한국어의 특성상, 한자로 된 단어의 의미를 통해 문장 이해의 힌트를 얻는다는 점. 속담과 고사성어도 종종 인용. 이해하기 어려운 말 또는 문장을 속담과 고사성어에 빗대면 훨씬 수월해지는 이점. 자고로 글이란 그림을 그리듯이 쓰자는 것이 하토상의 다짐.

상식은 시대와 환경에 따라 변한다는 말에 대부분 동의. 하토상도 마찬가지. 하토상이 전하는 '상식'은 법전 속 규정이나 교과서의 정의가 아닌 측면. 알면 쓸모 있는 것, 몰라도 사는 데 지장 없는 것. 그 경계는 느슨하고, 언제나 재미 추구. 그러나 느슨함 속에도 나름의 기준이 존재.

첫째, 쉬운 풀이로 누구나 이해 가능. 전문가만 알아듣는 용어나 지나치게 깊은 학문적 내용은 배제. 대신, 짧고 명확한 설명으로 "아, 그렇구나." 하고 무릎을 치게 하는 상식과 글을 중요시.

둘째, 일상과의 연결. 하토상 상식은 독자가 오늘 당장 누군가에게 말해줄 수 있는 내용을 추구. 회식 자리, 엘리베이터 안, 또는 가족과의 저녁 식사 자리 등등. 그 짧은 순간이 누군가에겐 하루의 웃음이 되고, 작은 대화의 불씨가 되는 장면을 떠올리며 글을 작성. 이처럼 하토상은 인간관계의 마중물 역할을 하고자 오늘도 글, 내일도 글 생각.

셋째, 가벼운 결론. 가끔은 역사 이야기, 가끔은 지역 이야기, 가끔은 단어의 뿌리 이야기. 그러나 결론은 늘 가볍게. '그래서 말인데…'로 시작해도, 마지막에는 웃음 한 번 나오는 정도가 딱.

넷째, 사람이 남아야 한다는 점 명심. 상식은 결국 사람을 향한 것. 나 혼자 알려고 공부하는 상식이 아니라, '너랑 웃고 떠들려고 준비한 이야깃거리'라는 점. 하토상 글의 경계선에는 언제나 '사람'. 그래서 하토상이 말하는 상식은 정보이자 취향이고, 조금은 장난. 누군가에게는 별것 아닌 이야기지만,

다른 누군가에게는 하루를 바꾸는 이야기. 그 경계 위에서,
하토상은 오늘도 글을 작성.

3장 길이 보이는 지리 이야기

4장　　알아두면 쓸모 있는 말과 개념

1장

세상이

흥미로워지는

잡학상식

세계 국기 이야기

나라 국(國) + 깃발 기(旗). 나라의 깃발. 한 국가의 상징 중 하나. 우리나라 국기는 '대한민국 국기법'이란 법률에서 자세히 규정. 동법에 따르면, 우리나라 국기는 태극기이며(4조), 가운데의 태극과 네 모서리의 건곤감리 4괘로 구성(7조1항).

국기는 한 나라의 역사나 정체성 따위를 상징. 유럽국가들 국기를 보면 쉽게 이해되는 측면. 유럽국가 중엔 삼색기를 많이 쓰는데, 프랑스혁명 당시 사용한 삼색기의 영향. 삼색기를 사용하는 국가는 군주제에서 공화제로 체제가 바뀐 나라. 프랑스를 비롯해 독일, 이탈리아 등이 대표적. 또 북유럽 5개국은 하나같이 옆으로 누운 십자가 국기를 사용. 기독교 배경을 가진 국가라는 의미로, 덴마크, 스웨덴, 노르웨이, 핀란드, 아이슬란드 등이 십자가 국기. 한편 국기에 별을 넣는 경우도 많은데, 이스라엘 국기의 별은 유대교를 상징하는 '다윗의 별'을, 미국과 브라질 국기에 있는 별은 주(州)의 개수를 의미. 이 밖에 중국도 별을 쓰는데 큰 별은 공산당, 작은 별은 노동자·농민 등 사회계층을 의미. 또한 초승달을 국기에 쓰는 국가도 있는데, 초승달은 이슬람 국가를 상징. 세상은 넓고 배울 게 많단 느낌. 지식의 끝은 없으니, 모른 체 사는 것도 정신건강에 도움이 될 것이라 생각. 하지만 두뇌는 계속 사용해야 건강해진다는 반론도 있으니, 균형 있게 스트레스 받지 않을 정도의 공부는 필요하다 생각.

조선시대 욕의 유래

욕은 욕설의 준말. 욕될 욕(辱). 남의 인격을 무시하거나 모욕을 주는 언사로, 대개 부정적으로 사용되며, 친구 사이 친밀감의 표시(추임새)로도 사용. '바보', '멍청이' 등이 대표적. 스포츠 경기 중 종종 포착되는 욕설 장면. 배구선수 김연경이 치열한 승부 도중 무의식적으로 내뱉은 비속어가 화제. 이후에 얻은 '식빵언니'라는 별명. 욕설이 트레이드 마크가 된 희귀 사례. 경기 중 넘치는 파이팅과 실력, 탄탄한 인성이 뒷받침된 결과. 인성이 나빴다면 퇴출감이었을 것이란 합리적 의심.

유서 깊은 조선의 욕

'염병하네'에서 '염병'은 장티푸스의 속된 말. 장티푸스는 과거 치사율이 매우 높았던 공포의 전염병. 즉 '염병할 놈'은 '전염병에 걸려 죽을 놈'이라는 끔찍한 저주. '오라질(우라질)'에서 '오라'는 옛날 죄인을 결박하던 붉은 밧줄(포승줄). '질'은 행위를 뜻하는 접미사 혹은 '지다(묶이다)'의 활용. 종합하면 '죄를 지어 포승줄에 묶여 갈 놈'이라는 악담. 염병 못지않은 살벌한 의미. 이 밖에 '육갑하네'라는 말도 있는데, '육갑'은 날짜나 운세를 세던 '육십갑자'를 의미. 지능이 모자란 사람이 손가락을 꼽으며 육십갑자를 계산하려 애쓰는, 엉뚱하고 주제 넘는 꼴불견을 빗댄 비유. 앞선 두 욕에 비하면 그나마 귀여운 수준.

욕의 기술

욕이 심하면 모욕죄 성립, 자칫하면 '오라질' 당해 수갑 찰 위기. 때와 상대를 가려 해야 한다는 교훈. 운전대만 잡으면 욕쟁이가 되는 분들의 욕은, 상대가 못 듣는 '음소거 욕'이니 애교로 봐줄 만한 수준. 일각에선 욕설의 스트레스 해소 효과 주장. 다만 습관화될 경우 초기 통쾌함은 사라지고 그저 나쁜 말버릇만 남는다는 게 전문가의 진단. 적당히 하는 게 상책이라는 결론.

알고 보는 맛, 사극 용어 정리

사극을 꽤나 좋아하는 편. '팩션(fact + fiction) 사극'이 아닌 '정통 사극'을 선호. 드라마 〈육룡이 나르샤〉보단 실록에 기초한 〈태종 이방원〉이나 〈용의 눈물〉을 선호. 이유는 사실에 기초한 연출 때문. 역사 과목에 대한 깊은 애정의 영향. '다시 태어나면 역사학자'가 입버릇인 역사 덕후의 선택. 사극 입문을 위한 기초 지식 연마 추천. 자주 등장하는 용어와 작호(爵號, 벼슬과 지위) 이해가 필수. 사극의 재미를 배로 만드는 필수 용어 정리.

성은이 망극하옵니다

사극 최다 빈출 대사. 정확한 뜻을 아는 이는 소수. '성은'이란 성인 성(聖) + 은혜 은(恩). '임금의 은혜'란 뜻. 임금의 은혜이기 때문에 임금에게만 사용. 사극에서 세자나 대비에게 '성은이 망극하옵니다'란 말을 사용하는 장면이 나온다면 고증 오류. 이어, '망극하옵니다'를 알아볼 차례. '망극'이란 단어는 한자어로, '그물/없을 망(罔) + 극진할 극(極). 즉 '성은이 망극하옵니다'는 임금의 은혜가 너무 커서 끝이 없다는 의미. 성은을 빼고 '망극하옵니다'라고 했을 땐 앞선 설명처럼 '감사합니다'란 뜻뿐만 아니라 '죄송합니다'의 의미도 내포. 문맥에 따라 알아서 새겨듣는 눈치가 필요한 영역.

천부당만부당(千不當萬不當)

'망극하옵니다'만큼 많이 나오는 말이 '천부당만부당'. 사극에서 주로 신하들이 왕에게 '천부당만부당하옵니다'란 대사로 사용. 순우리말이 아닌 한자어. 일천 천(千), 아닐 부(不), 마땅할 당(當), 일만 만(萬). 千不當萬不當. '천 번, 만 번 말해도 부당하다'라는 뜻. 어떤 사안이 '도리나 이치에 맞지 않다'는 뜻. '천/부당', '만/부당'으로 끊어 읽으면 이해가 쉬운 구절.

만세(萬歲)·천세(千歲)

만세보다 천세가 아래. 그럼에도 두 단어 모두 의미는 동일. 축복 또는 승리를 기뻐하는 뜻. 전쟁에서 승리, 또는 축복할 일이 생겼을 때 장수나 신하들이 '만세, 만세, 만만세'를 외치는 장면이 연상. 지금도 마찬가지. 그러나 사용하는 대상에는 차이. 앞선 설명처럼 만세가 위, 천세가 아래. 따라서 만세는 황제에게만 사용. 황제는 제국, 즉 여러 민족을 다스리는 통치자이기 때문. 그 아래 왕에게는 천세. 우리나라 사극에서 만세를 외친다는 건 잘못된 고증. 만세가 아닌 천세를 사용해야 한다는 의미. 황제가 아닌 왕에게 만세를 사용하면 처벌을 면치 못할 거란 뜻과 일맥상통.

상감·대감·영감·나리

상감·대감·영감·나리는 왕이나 고관대작을 부르던 호칭. 다만 사용 대상에서 차이. 왕에겐 상감. 사극에서 내시가 '상감마마 납시옵니다'라고 한 대사는 왕이 나온다는 뜻. 대감은 정2품 이상. 즉 정1품, 종1품, 정2품이 대감이란 뜻. 대체 어떤 사람인지 궁금. 오늘날로 치면 정1품은 국무총리급, 종1품과 정2품은 장관급으로 생각하면 타당. 현재 우리나라엔 한 명의 국무총리와 18명의 장관이 있으니, 19명만 대감이 되는 셈. 영감은 종2품과 정3품이 해당. 차관급에 해당. 그리고 나리는 대감과 영감을 제외한 관료에게 사용. 종3품에서 종9품까지. 조선 관직은 18품계 체계. 현대에 이르러선 총리 - 장관 - 차관 - 1~9급의 시스템. 물론 경찰과 군인, 그리고 소방관은 다른 체계. 너무 복잡해져 자세한 설명은 생략.

한강 다리 총정리

한강은 길이가 길고 폭이 넓은 특징. '으리으리하다'란 말도 한강의 옛날 이름인 '욱리＋물 하(河)'에서 따왔다는 유래도 참고. ('욱리'는 크다는 뜻의 순우리말에서 유래했다는 것이 학계 일각의 해석.) 예나 지금이나 크긴 컸던 모양. 한강을 건너기 위해선 예전엔 나룻배를 이용했지만, 지금은 다리를 건너는 게 일반적. 따라서 한강을 이해하기 위해선 한강에 놓인 다리에 대한 이해가 선행될 필요가 있어 한강 다리를 총정리하기로 결심.

한강다리 개수는 총 32개

한강에 첫 번째 놓인 다리는 '한강철교'. 현재 지하철 1호선 노량진역과 용산역을 잇는 철도 전용 교량. 1호선뿐 아니라 KTX도 이용. 한강철교의 개통연도는 1900년 7월. 이후 한강대교, 제2한강교, 제3한강교 순서로 건설. 제1한강교에 대해 '한강철도'냐, 아님 '한강대교'냐를 두고 전문가들 사이 이견. 연도순으로 보면 한강철교가 우선. 제2한강교는 지금의 '양화대교', 제3한강교는 '한남대교'라는 것에 대해서는 의견이 일치. 가수 혜은이의 노래 〈제3한강교〉가 연상. 특히 "강물은 흘러갑니다. 제3한강교 밑을"이란 가사가 인상적. 왜 제3한강교인가에 대해선 노래 〈안동역〉과 마찬가지로 사연이 있을 것으로 짐작. 이후 필요에 따라 한강에 여러 다리가 놓이더니 현재까지 32개의 다리가 개통되어 운영 중.

○○대교(大橋)·○○교(橋)·○○철교(鐵橋)

한강다리도 '대교'와 '교'로 구분 가능. 클 대(大)를 쓴 거 보면 큰 다리란 의미. 다리가 크다는 건 면적을 뜻하니, 면적이 넓다는 건 차선이 많다는 것으로 귀결. 왕복 6차선 여부에 따라 '대교'와 '교'를 구분. 총 32개의 다리 중 '교'인 건 '잠수교'와 '광진교'뿐. 나머진 모두 대교로서 왕복 6차선 이상이란 의미. 이런 기준이라면 가수 주현미의 〈비 내리는 영동교〉는 잘못된 표기. '영동교'가 아닌 '영동대교'로 써야 한다는 의미. 또 용도에 따라 '대교'와 '철교'로도 나뉘는데 한강엔 4개의 철교가 운영 중. 한강철교, 잠실철교, 당산철교, 마곡철교.

한강다리 이름

32개의 한강다리를 나열해보면, 다리 이름에 규칙성이 있다는 걸 확인. 지역명 사용이 보통. 잠실대교, 청담대교, 성수대교, 반포대교, 동작대교 등이 그 사례. 강남·강북이 엇비슷한 수준. 그럼에도 예외는 있는 법. 한강의 옛 이름을 쓰는 경우도 존재. 서강대교와 동호대교가 대표적 사례. 옛날엔 한강을 용산을 기준으로 서쪽을 '서강', 동쪽을 '동호(강)'로 불렀던 모양. 이 정도면 한강다리에 대해선 잘난 척하기 적당한 수준. 한강다리 관련 역사, 개수, 다리 구분까지 능통 시 주변에서 엄지척이 날아올 거라고 확신.

바다 색깔과 지리 용어

바닷물은 파란색이 일반적. 이유는 '빛의 파장' 때문. 시간 절약을 위해 암기가 최선. 암기하다 보면 이해되는 게 꽤 있는 까닭. 바다 이름에 색깔이 들어간 대표적 4곳. 황해, 홍해, 흑해, 백해. '황해'는 우리나라 서해. 중국 황허강의 토사 유입으로 인한 누런 변색. '홍해'는 플랑크톤이 대량으로 발생하여 생기는 적조 현상이 원인. 아라비아반도와 아프리카 사이 위치, 수에즈 운하의 관통. '흑해'는 튀르키예와 우크라이나 사이. 사방이 막힌 호수 같은 지형이 특징. 해수 순환 불량에 따른 산소 부족과 박테리아 사멸, 그로 인한 황화수소 발생이 검은색의 원인. 마지막 '백해'는 러시아 북서쪽의 바다. 빙하와 눈으로 인한 하얀색 연출.

바다 관련 핵심 용어

최근 미국, 이란, 이스라엘 갈등으로 인한 '호르무즈해협'이 신문에 종종 등장. 중동 위기 때마다 언급되는 지정학적 요충지. 위치는 이란 남부와 아라비아반도 사이. 페르시아만과 오만만의 연결 고리. '해협' 하나를 정확히 알기 위해선 '만'도 알아야 이해 가능. 이를 이해하기 위한 '해협', '만', '곶', '운하' 용어를 싸그리(깡그리) 정리.(참고로 '깡그리'가 표준어, '싸그리'는 전라도 방언.)

① 해협

'해협'이란 바다 해(海) + 골짜기 협(峽). 즉 '바다의 골짜기'라
는 뜻. 육지와 육지 사이 좁은 바다를 지칭. 호르무즈해협은
이란과 오만 사이의 좁은 바다란 결론. 호르무즈해협처럼 우
리에게 익숙한 해협으론 지중해와 흑해를 잇는 튀르키예의
'보스포루스해협', 영국과 프랑스 사이 '도버해협', 아시아와
북아메리카 사이 '베링해협' 등이 존재. 세계지도를 유심히
본 사람에겐 친숙한 이름.

② 만·곶

'만'이란 바다가 육지 쪽으로 쑥 들어온 형태. 반대로 육지가
바다 쪽으로 뽀족하게 뻗은 지형은 '곶'이라 호명. 리아스식
해안인 우리나라 서해안과 남해안은 만과 곶이 혼재. 포항 영
일만과 호미곶(호랑이 꼬리), 울산 간절곶, 서귀포 섭지코지가
대표적 사례. 섭지코지는 '섭지의 곶 → 섭짓곶이 → 섭지코지'
로 변형.

③ 운하

해협과 달리 '운하'는 바다와 바다를 잇는 인공 수로(水路). 이
집트 '수에즈 운하'(지중해~홍해 연결)와 중미 '파나마 운하'(태
평양~대서양 연결)가 대표적인 양대 산맥. 교통과 물류의 요충
지. 용어 학습을 통한 뉴스 이해도 상승. 알고 듣는 것과 모르
고 듣는 것은 천양지차.

핀란드의 영혼, 사우나

거리를 걷다 보면 '핀란드식 사우나' 간판을 종종 발견. 사우나의 원조가 핀란드기 때문. 2천 년 전 시작된 핀란드의 사우나 역사. '사우나(Sauna)'라는 단어 자체가 핀란드어에서 유래. 전 세계적으로 쓰이는 몇 안 되는 핀란드어 중 하나. 핀란드의 사우나 사랑은 유별남 그 자체. 집집마다 설치는 기본. 게다가 집뿐만 아니라 공공건물이나 기업은 물론이거니와 카페나 버스에도 설치. 인구 550만 명에 사우나 개수만 300만 개로 추산. 핀란드의 사우나 사랑은 날씨 탓. 1년의 절반 이상이 겨울인 환경과 적은 일조량의 대체재. 핀란드인의 술 소비량 역시 상위권. 사우나로 해장을 즐긴다는 소문. 한국 주당들 사이에서도 사우나 해장은 인기. 하지만 목욕탕 입구의 '음주 후 입욕 금지'라는 경고 문구가 문제. 잦은 술자리를 갖는 사람이라면, 사우나보다는 콩나물국이나 꿀물이 안전하다는 결론. 각자에게 맞는 건전한 해장법 개발 필요.

호텔 등급

"호텔 등급은 누가, 어떻게 정하나?" 객실 수가 기준이라는 설은 낭설. 정답은 한국관광공사의 엄격한 심사 결과. 등급 결정의 핵심은 '암행(暗行) 평가'. 특히 4~5성급은 평가 요원이 손님으로 위장해 투숙하며 시설과 서비스를 점검하는 방식. 1~2성급은 깨끗한 객실과 욕실, 그리고 조식 제공이 가능한 실속형 호텔. 일반 숙박만 가능한 모텔이나 여관과는 달리 기본적인 식음료 시설이 필수. 3성급부터는 정규 레스토랑 1개 이상과 로비, 라운지 등 휴식 공간의 구비가 조건. 4~5성급은 연회 시설뿐 아니라, 각종 편의 시설과 룸서비스, 그리고 복수의 레스토랑이 충족 조건. 4성급과 5성급의 구분은 레스토랑 수와 룸서비스 시간이 기준. 4성급은 2개 이상 레스토랑 보유와 12시간 이상 룸서비스가 가능하다는 특징. 5성급은 3개 이상 레스토랑에 18시간 이상 룸서비스가 필요.

국내 5성급 호텔은 약 80여 개(2024년 기준). 하지만 서울, 부산, 제주에 대부분 몰려 있는 등 지역 쏠림 극심. 최초의 호텔은 1888년에 완공된 인천의 '대불호텔'. 현존하는 최고(最古) 호텔은 1914년에 건립된, 서울시청 인근에 위치한 '조선호텔'. 구한말 고종 황제의 후원으로 지어진 '손탁호텔' 역시 역사책의 단골손님. 이런 가운데 언제부턴가 호텔에서 휴가를 즐기는 호캉스가 유행. 본인이 묵는 호텔 등급을 확인하는 것도 또 다른 재미. 2014년 법 개정으로 '무궁화'에서 '별'로 등

급 표식이 변경. 아직 무궁화가 붙어 있다면 등급 심사를 받
지 않았거나 갱신하지 않았다는 방증. 참고로 전 세계 공통의
호텔 등급 기준은 부재. 나라마다, 기관마다 기준이 제각각.

급 표식이 변경. 아직 무궁화가 붙어 있다면 등급 심사를 받
지 않았거나 갱신하지 않았다는 방증. 참고로 전 세계 공통의
호텔 등급 기준은 부재. 나라마다, 기관마다 기준이 제각각.

야금야금, 살라미 전술

"북(北), 총선까지 살라미식 도발 이어질 것", 언론 기사 헤드라인. 여기서 '살라미'는 이탈리아식 소시지. 소금에 절여 건조했기에 매우 짠맛이 특징. 짠맛 때문에 한입에 덥석 먹기보단 아주 얇게 썰어 조금씩 먹어야 하는 음식. 바로 여기서 유래한 용어. 즉 '살라미 전술'이란 하나의 일을 얇게 쪼개어 조금씩 해결하거나, 단계별로 이익을 챙기는 협상 기술. 한 번에 목표를 달성하기보다 야금야금 상대를 압박해 실리를 챙기는 방식. 상대의 진을 빼는 고도의 '지연작전'과 일맥상통. 살라미 전술은 북한 도발뿐 아니라 일본의 독도 영유권 주장 등 외교 안보 분야의 단골 메뉴. 북한은 상황을 극한으로 몰고 가는 '벼랑 끝 전술'과, 협상 카드를 잘게 쪼개 대가를 챙기는 '살라미 전술'을 병행. 카드 하나를 한 번에 쓰지 않고 열 개로 쪼개어, 열 번의 보상을 받아내려는 얄미운, 하지만 철저한 계산의 심리전.

애물단지가 된 평화의 상징, 비둘기

격세지감의 주인공. 한때 평화의 상징이었으나 지금은 기피 대상, 애물단지로 전락. 2000년대 후반 환경부에서 비둘기를 '유해 야생동물'로 지정한 것이 결정타. 비둘기 개체 수가 기하급수적으로 늘어나 여러 방면의 피해가 커짐에 따라 유해 야생동물로 지정했단 설명. 지적하는 주된 피해는 '배설물'. 단순 더러움을 넘어선 유해 성분. 건물과 문화재 부식의 주범이자 각종 세균의 온상. 아파트 단지 역시 비둘기 배설물로 몸살. 특히 따뜻하고 구석진 에어컨 실외기 뒤편은 그들만의 아늑한 화장실. 고층 아파트도 예외가 아닌 상황.

이제는 비둘기 먹이 주기 '금지'가 대세. 요즘 거리 비둘기들은 비만인 상태가 부지기수. 일명 닭과 비둘기를 합친 '닭둘기'로 통칭. 닭처럼 몸집이 불어, 날 수 없을 것이란 우려에서 나온 말. 원인은 역시 인간의 음식물 쓰레기. 사람이 먹는 고칼로리 음식이 비둘기를 비만과 질병으로 이끄는 지름길. 선의로 던진 모이가 악한 결과를 초래하는 역설. 또 하나의 충격적인 사실. 우리에게 친숙한 참새, 까치, 까마귀 역시 유해 야생동물 리스트에 포함. "설마 저 귀여운 참새가?"라는 의구심 폭발.

지옥철

땅 지(地) + 감옥 옥(獄) + 쇠 철(鐵). '지옥철'이란 사람이 많아 몹시 붐비고 비좁은 지하철을 비유적으로 이르는 말. 우리말샘에 등재된 우리 출근길의 자화상. 수도권 직장인들에겐 이미 오래된 일상. 이처럼 지하철 내부가 혼잡하다는 건 탑승 정원을 넘어섰단 의미. 지하철 객차 1량당 정원은 160명. 좌석 54석 + 입석 106석을 더한 값. 수도권 1~4호선이 보통 10량이므로 160명×10량 = 1,600명. 한 지하철 안에 1,600명의 승객이 탈 수 있는 셈. 1,600명은 '예술의 전당' 오페라극장 객석(약 2,300석)의 70%에 육박하는 규모. 만약 꽉 채워 2배(혼잡도 200%)가 탄다면 3,200명. 지하철 한 대에 오페라극장 관객보다 1,000명이나 더 구겨 넣는 셈. 가히 '지옥'이라 불릴 만한 수준. 더욱 놀라운 건 혼잡도를 '무게'로 측정한다는 사실. 전동차 안에 체중계는 없지만 무게를 측정하는 센서가 부착되어 있다는 게 관계자들의 귀띔.

우리나라에서 혼잡도가 높은 노선과 구간을 알아볼 차례. 200% 이상의 혼잡도를 자랑하는 김포골드라인 고촌~김포공항 구간이 탑. 타의 추종을 불허하는 수준. 객차 2량 총 정원이 135명인데, 출근시간대엔 약 400명이 탑승해 정원의 2배 이상이 탑승하고 운행하는 셈. 좁은 공간에 사람은 미어터지니 체감 고통은 상상 초월. 그 뒤를 잇는 9호선(노량진~동작), 4호선(한성대~혜화) 등도 출근길의 대표적 난코스. 모

두 출근시간대에 측정한 값. 심각한 혼잡도를 알면서도 고치
지 못하는 건 오로지 돈 때문. 객차를 늘리고, 배차간격을 당
기면 간단히 해결될 건데, 현 요금 수준으로는 어림도 없다는
게 전문가들의 진단. 어르신들은 혼잡 시간대를 피해 이동하
시길 권유. 넘어지기라도 하시면 큰 사고 예상. 이번 글에서
기억해야 할 포인트는 '지하철 정원 1,600명'과 '무게로 혼잡
도를 측정한다'는 것.

지하철 역명의 비밀

잦은 지하철 이용으로 자연스럽게 역명(驛名) 암기. 그 속에 숨겨진 유래에 관심. 역이름은 동네 이름, 역사 유적, 사찰, 대학교 등을 주로 사용. 가장 흔한 건 역시 동네 이름. 동네 이름을 사용하는 곳은 3호선의 압구정역, 신사역, 대치역, 도곡역과 2호선의 성수역이 대표적. 역사 유적지의 이름을 사용하는 곳은 9호선 염창역과 6호선 광흥창역, 2호선 잠실역. 조선시대 소금 창고가 있던 곳이 '염창', 고려 및 조선시대에 관료들의 녹봉을 담당하던 관청이 '광흥창'. '잠실'은 조선시대에 누에를 치던 방, 즉 양잠 시설이 있던 데에서 유래한 이름.

　의외로 모르는 사찰 관련 역명. 9호선 봉은사역처럼 현존하는 경우도 있지만, 절은 사라지고 이름만 남은 경우가 다수. 1호선 청량리역(청량사)과 4호선 미아역(미아사)도 사찰과 연관. 그리고 8호선 암사역도 사찰과 관련. 바위 암(岩), 절 사(寺)를 쓰는 데 바위 위에 백중사란 절이 있다는 데서 유래.

피 튀기는 광클, SRT 예매 전쟁

이번 글은 민원(民願) 차원의 호소. "제발 SRT 표 좀 쉽게 구하자."는 절규. 경험한 분들이라면 공감할 고통. SRT 예매 시작은 목표일로부터 한 달 전 오전 7시. 하지만 1분컷 매진이 다반사. 7시 땡 하자마자 마우스 커서에 온 신경을 집중하는 '광클'의 현장. 남들보다 빨랐다는 생각. 매진이란 표시를 보며 터져 나오는 탄식과 육두문자. 매번 반복되는 패턴. 표 잡기가 로또만큼 어렵다는 얘기. 그나마 KTX는 양반이라는 평가.

수요 대비 공급이 부족하기에 하늘의 별따기가 된 현실. 타려는 사람은 줄을 섰지만, 열차와 좌석은 크게 부족. SRT는 KTX 대비 하루 운행 편수는 절반, 좌석 수는 3분의 1 수준. 예약 전쟁은 필연적 결과. 해결책은 증차뿐. 고속버스로의 분산? 이미 기차의 정시성과 편리함을 맛본 승객들에겐 불가능한 대체재. 도착 시간 들쭉날쭉한 버스는 논외로 치는 게 현명한 처사.

이 같은 사실을 SRT나 교통당국에서도 모르고 있는 게 아니라고 확신. 하지 않는 것이 아니라 하지 못하는 이유가 있단 뜻. KTX와 SRT가 함께 달리는 평택~오송 구간의 선로 포화(병목현상)가 그 이유. 게다가 출발지인 수서역 설계상 용량의 한계. 또한, 구조적으로 볼 때 SRT 운영사(SR)는 KTX(코레일)의 경쟁사. SRT가 잘될수록 KTX의 수익 감소로 이어지는 구조. SRT의 증차 요청을 선로 포화를 명분 삼아 거절하는 모양새. 결국 선로는 없고, 운영 권한은 쪼개졌고, 이익은 충돌하는 형국. 더 빠르고 저렴하며 쾌적한 SRT의 장점(강남 접근성)에도 불구하고, 표를 못 구해 발만 동동거리는 승객들. 지금 이 시각에도 내일 출근 표를 구하지 못해 '새로고침'만 누르고 있는 직장인들의 애환. 언제까지 감내해야 할지 모를 답답함 그 자체. 구질구질한 애원은 생략. 다만 철도 유랑객들의 설움에 대해 당국의 관심 촉구.

2장

맛이

깊어지는

음식 이야기

국과 탕, 그리고 찌개와 전골

우리 식탁에는 밥과 반찬, 그리고 국이나 찌개 등 국물요리를 올리는 게 일반적. 물론 국물요리에 대한 호불호는 존재하지만, 국물요리 탓에 우리나라 음주량이 세계 정상급인 건 주지의 사실. 국물요리 용어로는 국과 탕, 찌개와 전골 등 다양. 한글의 위대함을 느끼는 계기. 하지만 공부할 게 너무 많단 단점. 실제 우리 문단을 주름 잡는 유명 작가의 소설에도 익숙지 않은 단어가 많아, 읽는 데 애를 먹었던 경험도 여러 번. 각설하고, 국물의 많고 적음에 따라 '국/탕'과 '찌개/전골'로 구분. 국물이 많고 건더기가 적은 것이 국 또는 탕. 국과 탕은 조리시간에 따라 구분. 짧게 끓이면 '국', 오래도록 끓여 우려낸 것이 '탕'. 콩나물국과 설렁탕의 예시로 금세 이해.

이와 반대로 국물이 적고 건더기가 많은 걸 찌개나 전골로 명명. 다만, 찌개와 전골은 조리 완성도에 따라 구분되는데, 끓여진 상태로 상에 올린 것이 '찌개', 끓이지 않고 올리는 것은 '전골'. 김치찌개, 곱창전골 등 대표적인 예시. 이외에 국물요리를 표현하는 단어 '짜글이'는 국물이 찌개보다 적고, 볶음보다는 많은 수준. 이렇게까지 구분해야 할까, 싶을 정도로 표현 단어가 다양. 그러나 식당에서 같이 간 동료들에게 알려주는 일도 쏠쏠한 재미.

설렁탕과 곰탕

설렁탕과 곰탕을 구별하는 사람들이 주변에 몇이나 될지 궁금. 구분하지 않고 혼용해서 쓰는 경우가 많기 때문. 맛만 있음 됐지, 구분하는 게 뭣이 중요하냐는 핀잔 섞인 반응도 곳곳에서 감지. 그럼에도 아는 재미도 있으니 이해해둘 필요성. 설렁탕과 곰탕의 경계선상엔 국물 내는 방식, 또는 재료의 차이. 쉽게 말해 소뼈로 국물을 내면 '설렁탕', 소고기로 육수를 낼 경우엔 '곰탕'. 이런 차이로 설렁탕은 구수한 맛, 곰탕은 국물이 진하고 기름진 게 특징. '이남장설렁탕'과 '나주곰탕'을 생각해보면 쉬운 이해.

설렁탕은 국물이 뽀얗고 맛이 농후하다 해서 '설농탕'이라고 아는 사람도 여럿. 눈 '설(雪)', 짙을 '농(濃)', 끓일 '탕(湯)'의 조합. 하지만 지금은 설렁탕만 표준어로 사용. 설렁탕의 유래도 흥미로운 지점. 특정 장소에서 나왔기 때문. 서울 동대문구 제기동에 가면 '선농단(先農壇)'이 위치. 이곳에서 탕을 끓여 먹어 '선농탕'이라 부른 데서 유래했다는 설. 선농단은 조선시대 임금이 풍년을 기원하기 위해 제사를 올렸던 장소. 제기동이란 이름도 제(祭)를 지내는 터라는 의미에서 유래.

설렁탕은 서울의 몇 안 되는 향토 음식. 또, 우리나라에서 가장 오래된 식당도 설렁탕집. 서울 종각역 부근의 '이문설농탕'이 주인공. 1904년에 개업했으니 무려 120여 년 동안 존속. 여태 운영되는 게 신기. 그 이유야 좋은 맛 때문인 게 분명.

육개장

우리나라 대표 음식인 육개장은 맛이 좋을 뿐 아니라 재밌는 얘깃거리도 여럿. 육개장에 얽히고설킨 이야기를 여기서 속 시원히 풀어볼 생각.

육개장의 숨겨진 이야기

국어사전엔 육개장을 한자로 '肉개醬'으로 풀이. 고기 육(肉) + (된장, 고추장 할 때) 장 장(醬). 한자와 우리말이 섞인 낱말. 그 이유는 육개장이 보신탕을 의미하는 '개장국'에서 변형된 것이기 때문. 육개장은 '소고기로 개장국 맛을 낸 국'이란 의미로, 육개장의 '육'은 소고기를, '개'는 보신탕 재료인 '개'를 의미. 결국 '개'를 대신했다는 음식이니, 대신할 '대(代)'와 개 '구(狗)'를 쓴 '대구탕'이라는 조어의 가능성. 아니나 다를까 서울 을지로 골목의 연탄 갈비 맛집인 '조선옥'에선 육개장 대신 '대구탕'이란 명칭을 메뉴판에 사용.

이 지점에서 몇 년 전 대구탕과 관련된 일화 하나가 생각. 동료들과 조선옥에서 회식. 각자 메뉴판을 보며 깊은 생각. 일부는 미간까지 좁혀졌던 모습. 모두 따뜻한 고깃국물이 생각나 들어온 곳인데, 메뉴에 생선이 연상되는 대구탕이 자리 잡고 있던 까닭. 다행히 동료 일원이 대구탕 뜻이 적힌 팻말을 재빠르게 발견한 덕분에 웃으면서 대구탕을 주문했던 기억. 눈치 빠른 동료 한 명이 여럿을 살린 기분.

장례식장이 육개장 전문점?

주변에선 육개장을 가장 잘하는 곳이 장례식장이란 우스갯소리. 영화 〈아수라〉에서는 "육개장 먹으러 장례식 조문을 다닌다."는 대사가 있을 정도. 그 이유를 검색해보니, 십수 년 이상 된 장례식장 노하우 축적이 첫 번째 이유. 이어 조문객 대접용이라 좋은 재료 사용이 두 번째 이유. 모두 공감되는 이유라, 앞으로 장례식장을 육개장 맛집으로 기억하기로 결심.

육개장은 잡귀신을 물리치는 의미

그렇다면 장례식장에서 육개장을 먹는 이유가 궁금하기 시작. 장례식 때 육개장을 먹는 이유는 귀신이 붙는 걸 막고, 액운을 물리치기 위함이라는 검색 결과. 거꾸로 생각해보면 장례식장에 귀신이 많다는 의미. 섬뜩해지는 등골. 덧붙이면 육개장의 붉은 국물이 잡귀신을 물리친다는 것으로 동짓날 붉은 팥죽을 먹는 것과 같은 맥락. 이외 육개장이 몸에 좋은 소고기와 대파, 그리고 여러 야채가 들어가는지라 상주 등 상처받은 가족들의 '몸보신용'이란 주장도 제기. 장례식이 보통 3일장으로 치러지는 터라 이 또한 설득력 있는 부분.

육개장의 고장은 '달구벌'

이처럼 육개장은 개 대신 소를 넣고 끓인 건강식. 장례식에 몰려온 귀신을 물리친다는 주술적 의미도 보유. 이제부턴 육개장의 본고장을 알아볼 차례. 과거 '달구벌'로 불렸던 '대구시'가 육개장의 원조. 통상 음식 불모지로 알려진 대구가 원조란 얘길 듣고는 고개가 갸웃. 그러나 대구 하면 '막창', '뭉티기', '똥집 튀김', '배추전' 등 유명 음식 여럿. 대구식 육개장은 서울에서 먹는 것과 다르다는 내용을, 넷플릭스 다큐멘터리 시리즈 〈국물의 나라〉에서 봤던 기억. 서울에선 얇게 찢은 고기와 고사리가 특징인데, 대구에선 직사각 모양으로 고기를 썬다는 게 다른 점. 고사리 대신 시래기 사용도 차이점.

육개장은 범아시아계 음식

해외에도 육개장과 비슷한 음식이 존재. 하나는 튀르키예 '베이란'이라는 음식이고, 다른 하나는 헝가리의 '굴라쉬'. 두 나라 모두 중국 북방 민족들이 조상. 튀르키예는 '돌궐', 헝가리는 '훈족(흉노족)'의 전신이라는 일각의 주장을 감안하면, 육개장이야말로 범(凡)아시아계 음식으로 대표될 수 있다 생각. 또, 튀르키예는 '오스만제국', 헝가리는 '헝가리제국'의 영광을 누렸던 경험. 여기에 청나라(여진)와 몽골제국까지 더하면 아시아인들의 위대성 확인. 다만 세계사가 주로 유럽 혹은 기독교의 시각으로 쓰인 터라 아시아 역사가 과소평가된 측면. 아시아 역사 재평가를 위한 국제적 노력의 필요성을 느끼는 지점.

감자탕

으레 감자탕 하면 식물 감자 + 탕을 생각하기 마련. 감자가 들어간 탕으로 간주한다는 뜻. 하지만 감자탕이라도 감자가 안 들어가는 경우가 빈번해 다른 뜻이 숨겨져 있을 것으로 짐작.

감자탕의 감자는 돼지 등뼈

누구든지 감자탕의 감자를 식물 감자로 오인하기 일쑤. 열에 열, 혹은 열에 아홉 명 정도. 그러나 여기서 감자란 식물 감자가 아니라 돼지 등뼈를 의미. 음은 같지만, 뜻이 다른 '동음이의어'라는 의미. 돼지 등뼈에 든 척수를 '감자'라고 지칭하기도 하고, 돼지 등뼈를 부위별로 나눌 때 '감자뼈'라는 부분이 있는데 이것을 넣어 끓였다고 해서 감자탕이란 말이 유래. 어찌됐건 감자탕은 모두 돼지 등뼈와 연관 있다는 결론. 따라서 감자탕은 식물 감자와는 무관.

삼국시대부터 먹은 전통음식

감자탕의 효시는 삼국시대 전라도 지역이라는 게 통설. 고구려, 백제, 신라 세 나라가 통일이 된 게 676년이니 천 년 넘은 무척 오래된 음식. 또, 전라도 지역에선 농사에 이용되는 '소' 대신 '돼지'를 잡아 그 뼈를 우려낸 데서 유래했다는데, 당시 소가 없으면 농사를 지을 수가 없었기에 일리 있는 주장이라 생각.

식물 감자가 우리나라에 들어온 게 1824년경 조선 순조 때라고 하니, 그 이전의 감자탕과 식물 감자와는 무관하다는 의견이 증명. 조선 전기와 중기를 배경으로 한 사극이나 영화에서 감자탕에 감자가 들어 있으면 고증을 잘못했다는 결론. 조선 전기에 빨간 김치가 나오면 안 되는 것과 비슷한 이치. 고추라는 게 임진왜란 이후에 들어온 까닭. 그렇다면 감자탕에 식물 감자를 넣은 건 조선이 강화도조약(1876)으로 개항한 이후. 인천에서 뿌리내리기 시작.

응암동 감자국 거리

서울 은평구 응암동 대림시장 인근. 감자탕집들이 옹기종기 모여 있는 골목. 단골들 사이에선 '응암동 감자국 거리'로 통용. 특이한 건 명칭. '탕'이 아닌 '국'이라 부른다는 점. 신기한 대목. 통상적으로 '국'은 콩나물국, 김칫국처럼 비교적 짧은 시간 끓인 국물요리를 지칭. 반면 '탕'은 설렁탕, 곰탕처럼 뼈와 고기를 넣고 장시간 진하게 우려낸 요리를 의미. 조리법상 돼지 등뼈를 푹 고아내는 감자탕은 '탕'을 쓰는 게 적확한 표현.

응암동 외에 미식가들이 꼽는 감자탕 성지로는 성신여대입구역 부근 '태조감자국', 석촌고분역 인근의 '주은감자탕', 그리고 왕십리역 근처 '재수돈감자탕' 등이 유명세. 모두 세월의 맛을 간직한 노포로서 TV 방송 단골 출연지. 하지만 감자탕이란 게 짜장면과 마찬가지로 특별히 차별화하기 어려운 메뉴인지라 큰 기대는 금물. 기대가 크면 실망도 크기 십상.

떡국

설 명절에 떡국을 끓여 먹는 풍습은 오래전부터 전승. 떡국은 말 그대로 떡을 넣어 끓인 국. 주로 긴 가래떡을 얇게 썰어 육수에 팔팔 끓여내는 방식. 별칭은 떡이 희다고 하여 '백탕(白湯)', '떡'국이라 하여 '병탕(餠湯)'. 특이하게 개성 지역에선 가래떡 대신 조롱이떡('조롱이떡'이 표준어, '조랭이떡'은 사투리)을 사용.

이처럼 떡국은 우리에게 익숙하면서도 특별한 의미 내포. 주로 떡국은 새해 첫날 먹는데, 깨끗하게 보이는 흰떡의 외형에서 비롯된 게 아닌가 짐작. 또 긴 가래떡을 사용하기에 장수를 기원함과 동시에 잘게 썬 떡이 엽전 모양 같아 재물 복을 바라는 소망에서 기원. 한편 개성에서 사용하는 조롱이떡은 액운을 막는 의미.

해외에도 새해 음식이 있는데 중국에선 떡과 만두를, 독일 등 유럽 게르만계 국가에선 돼지고기를 선호. 독일에서는 돼지를 행운을 불러오는 동물로 인식하기 때문. 독일의 족발 요리 '슈바인학센'이 대표적. 슈바인학센 vs 한국 족발. 승자가 궁금. 원조 격인 장충동 족발은 한물갔다는 냉정한 평가. 요즘 대세는 시청의 '만족오향족발', 성수의 '성수족발', 양재의 '영동족발'. 일각에선 선릉의 '뽕나무쟁이'가 진정한 챔피언이라며 엄지척.

빈대떡

"돈 없으면 집에 가서 빈대떡이나 부쳐 먹지…" 가수 한복남의 명곡 〈빈대떡 신사〉의 강렬한 후렴구. 덕분에 '빈티' 나는 음식의 대명사로 각인. 여기서 말하는 빈대떡의 정체는 녹두전. 불린 녹두를 갈아 나물, 고기와 섞어 반죽해 기름에 지져낸 요리. 빈대떡, 이름은 '떡'인데 실체는 '전'. 곤충 '빈대'와 관련이 있나 싶은 합리적 의심.

우선, 빈대떡의 유래는 가난과 연관. 조선 중기 문헌에서부터 '빈자병'이란 용어가 등장하는데, 빈자병이 빈대떡으로 변했다는 설. 가난할 '빈(貧)', 놈 '자(者)', 떡 '병(餠)'을 써 가난한 사람들의 떡이란 뜻. 실제 부자들이 돼지고기를 먹고 남긴 돼지기름과 남은 고기 찌꺼기를 활용해서 만들어 먹었다는 설. 이 밖에 서울 정동(貞洞)을 빈대가 많아 '빈대골'이라 불렀는데, 이곳에 빈대떡 장수가 많아 빈대떡이라 불렀단 설도 일각에서 제기. 어느 쪽이 됐든 싼 음식임이 분명. 허나 근래 들어선 녹두 가격이 많이 올라 빈자의 음식으로 치부해선 곤란.

서울 종로5가에 위치한 '광장시장'이 빈대떡의 메카. '순희네빈대떡'과 '박가네빈대떡'이 쌍두마차 형성. 막걸리 한 잔 걸치기 좋지만 워낙 대기줄이 길어 운에 맡기는 편. 운이 안 좋을 땐 광장시장 내 '창신육회'로 이동하는데, 창신육회도 대기줄이 긴 것으로 유명.

참고로 광장시장 빈대떡에는 숙주가 들어가는데, 숙주는

녹두를 시루 같은 그릇에 담아 싹을 낸 나물. 이 명칭이 조선 초기 학자인 신숙주의 이름에서 유래했다는 것은 굳이 말 안 해도 누구나 아는 유명한 이야기.

일각에선 빈대떡의 모양과 맛 측면에서 이탈리아 '피자'와 일본의 '오코노미야키'와 유사하단 시각. 또 이탈리아에선 피자가 빈자의 음식으로 불린다고 하는데, 우리 빈대떡과 태생이 비슷하다고 생각. 비가 오는 날에는 일찌감치 광장시장 빈대떡집에 자리 잡고 빈대떡과 막걸리 한 잔 걸치는 계획을 잡아볼 만. 워낙 유명한 곳인데다, 외국인 관광객까지 합세하는 바람에 매일 인산인해란 후문.

떡볶이

국민 간식이자 길거리 음식. 조선시대에 임금님 수라상에 오를 만큼 고급 요리. 일명 궁중떡볶이. 실제 궁중에서 만들었는지 논란거리지만 수라상에 올랐던 건 조선 후기 문헌인 《규합총서(閨閤叢書, 여성 실학자 이빙허각이 쓴 여성용 전통생활 기술집. 규합은 안방이란 의미)》나 《시의전서(是議全書, 양반가 요리책)》 등의 기록을 통해 확인. 궁중떡볶이는 간장 베이스에 소고기를 넣은 점이 특징. 임금님 요리가 대중적으로 퍼지게 한 건 마복림 할머니.

　지금도 인산인해인 신당동 떡볶이타운의 시발점 '마복림할머니떡볶이'는 궁중떡볶이를 계승한 것이 아니라 중국집에서 먹었던 음식에서 착안. 마복림 할머니가 1953년 중국집에 들렀을 때 춘장으로 양념한 떡을 먹었는데, 맛있지만 느끼해 춘장을 고추장으로 대체한 게 현대식 떡볶이의 시초. 초창기엔 신당동 노점에서 시작하다 인기에 힘입어 조그만 가게로 번창. 한때 모 고추장 광고에 나와 "고추장 비밀은 며느리도 몰라."라는 유행어로 유명한 마복림 할머니네는 떡볶이 명문가답게 가족들이 분점까지 운영할 정도. 인근 여러 가게가 도전장을 내 성행하고 있지만 '마복림할머니떡볶이'가 낫다는 게 단골들의 평가. 그러나 신당동까지 가서 먹을 필요 없다는 평가가 나오기 시작. 신당동 떡볶이의 변신이 필요한 시점이란 신호.

김밥

주변을 둘러보면 김밥집이 우후죽순 들어서고 있는 모습. 브랜드도 여럿. 전통의 강자 '김밥천국'과 '김가네'를 비롯해 '얌샘김밥', '싸다김밥', '상아김밥', '방배김밥' 등 처음 들어본 브랜드도 곳곳. 많이 생긴다는 건 많이 팔린다는 의미. 그 이유에 대해 알아볼 차례. 김밥의 장점은 여러 가지. '맛있다'는 기본이고 '싸다', '간편하다'를 비롯해 '영양식이다' 등등. 지금이야 흔하디 흔한 음식이지만, 연륜 있는 분들에게 김밥은 '특별식'. 특별한 날에만 먹었단 의미. 학창시절 '소풍'과 '운동회'가 대표적. 김밥의 가치는 내용물. 내용물에 따라 각 가정의 소득 수준을 확인할 수 있기 때문. 부잣집 김밥은 다채로운 색깔이 특징. 여러 가지가 들어갔기 때문. 반면, 소득이 낮은 집에선 분홍색＋노란색＋초록색이 전부. 분홍색 소시지에 노랑 단무지, 그리고 초록색 시금치 또는 오이 정도만 넣었단 의미. 그럼에도 넉살 좋은 친구들은 음식이란 같이 나눠 먹어야 한다는 당위론을 앞세워 부잣집 친구를 먹는 자리에 포섭하기 위해 분주했던 기억.

그러나 1995년 '김밥천국'의 등장으로 김밥은 언제 어디서든 먹을 수 있는 간편식으로 돌변. 당시 김밥 가격이 1천 원. 현재는 높아진 물가로 2025년 4월 기준 한국소비자원에 의하면 김밥 한 줄 가격이 3,600원. 이런 가운데 현장에선 김밥 유래가 논란거리. 한국 음식이냐, 일본 음식이냐의 논란. 결론적으로 일본 음식. 일본의 '노리 + 마끼'가 김밥의 원형이란 의견에 전문가들은 입을 모으는 모습. '노리'는 김, '마끼'는 '만다', 또는 '감싸다'는 뜻. 그럼에도 일각에선 삼국시대 신라 때부터 먹었던 기록을 근거로 내세워 한국 음식이라는 의견. 그러나 지금의 김밥은 일본에서 도입된 김밥 말이 도구(마키스)를 사용하고 있는 까닭에 일본 음식에 더 가깝다는 주장이 설득력을 얻고 있다는 후문. 일본 음식이든 한국 음식이든 현재 우리나라 냉동 김밥이 미국 등 서양뿐 아니라 일본에도 수출된다고 하니 한국화된 건 분명한 사실. 짜장면이 우리나라 음식으로 분류되는 것과 마찬가지. 시중에 파는 냉동 김밥이 웬만한 김밥집 김밥보다 맛있단 반응이 곳곳에서 감지. 한 번 구입해 먹고 싶지만 자주 가는 김밥집 사장님들의 표정이 떠올라 갈등.

요즘 김밥의 특징을 하나 꼽으라면 '밥의 양은 줄이되, 영양이 풍부한 재료를 많이 넣는다'는 점. 심지어 밥이 안 들어간 김밥도 등장. 이런 영향 덕분에 김밥 먹을 때 소화 걱정은 없어진 지 오래.

면파

밀가루 면(麵), 갈래 파(派). 정확한 건 모르겠지만 '면파'를 면을 사랑하는 부류 정도로 정의. 최근 주변 동료들 사이에선 즐겨 먹는 소주 안주로 라면뿐 아니라 파스타와 냉면, 그리고 짜장면 등 면을 꼽는 사람들이 늘고 있는 모습. 소주 안주로 면이 잘 어울린다는 방증이면서도 소주 안주의 대표인 고기와 해산물에 질려 있단 뜻도 내포. 주로 주당들로 분류되는 분들이 안주로 면을 적극 권장.

본인을 '파스타파'라고 소개하는 분들은 소주 특유의 향을 파스타의 느끼함이 잡아준다고 언급하며, 토마토가 아닌 크림 파스타가 제격이라고 재차 강조. 이를 두고 주변에선 갑론을박이 한창 벌어지고 있다지만, '백문이불여일견', 한 번 시도해보고 평가하는 게 바람직. 소주와 어울린다면 파스타파가 되는 것이고, 안 맞으면 '반파스타파'가 되어 논란에 종지부를 찍으면 그만. 또 평양냉면(함흥냉면 말고)을 소주 안주로 삼는 소위 '냉면파'들에 따르면, 평양냉면의 슴슴함과 메밀향이 소주와 잘 어울릴 뿐만 아니라, 차가운 육수 목 넘김까지 시원해 기분이 좋아진다고 극찬. 대개 '평냉파'는 선주후면(先酒後麵), 즉 냉면 먹기 전 수육 같은 안주와 술을 먼저 마시고 마지막에 냉면으로 마무리하는 게 국룰. 또, 주변에 '짜장면파'도 많은 편. 실제 중국집에 가보면 짜장면에 소주를 드시는 분들을 어렵지 않게 발견. 고수들은 도수 높은 '이과

두주(二鍋頭酒, 두 번 걸렀다는 의미의 중국 바이주)'를 선호. 토요일에도 근무하던 시절, 이과두주에 탕수육은 추억의 한 장면으로 꼽아도 손색이 없을 정도. 그 기억으로 언젠가, 논현동에 있는 유명한 중국집인 '홍명'에서 간짜장에 소주 한 잔을 시도했지만 긴 대기줄을 보고 포기.

고기도 싫고 회도 물리는 날, '면 안주'라는 제3의 선택지. 파스타, 냉면, 짜장면을 아우르는 '범면파'의 연대 필요성 절실. 씹는 맛 대신 호로록 넘기는 맛으로 즐기는 술자리의 색다른 변주.

라면

짜파게티

짜장라면의 대명사. 짜파게티는 '짜장＋스파게티'의 조합. 누가 지었는지 무릎 탁. 1984년 출시했으니 당시엔 스파게티가 대중화되기 전. 아마도 유학파가 이름을 짓지 않았을까 짐작. 연륜 있는 분들은 알고 있을 "일요일엔 내가 짜파게티 요리사"라는 광고 문구가 이색적. 아빠들을 주방으로 이끈 주역. 주변에 짜파게티와 짜짜로니 둘 중 하나를 선택하라면 과반수가 짜파게티를 선택할 정도로 인기. 한편, 짜파게티는 70여 개국에 수출할 정도로 글로벌 음식으로 자리매김. 맛 좋고 간편하다는 특징. 중국집 짜장면보다 낫다는 생각.

개개인 선호에 따라 다르겠지만 요즘 짜장면 맛집을 찾기 곤란. 가격만 올렸단 생각. 중국집 짜장면이 7천 원 수준이지만 짜파게티는 1천 원 안팎. 누가 뭐래도 짜파게티가 합리적 선택. 짜파게티 조리방식으론 끓이기와 졸이기로 양분. 그러나 여의도 짜파게티 맛집으로 소문난 집이 '졸이기'로 조리한다는 소식에 졸이기로 갈아타는 이들이 상당. 졸이는 방법은 물 300ml에 면과 소스를 다 넣은 다음 강불로 졸이면 끝. 짜장라면 마니아층 사이에선 짜파게티 물이 50ml가량 남아 있을 때 가장 맛있다는 게 중론. 물값도 절약되는 일석이조.

‘짜장이냐 짬뽕이냐’는 밸런스 게임에서 자주 등장. 우열을 가리기 힘든 ‘용호상박(龍虎相搏)’ 형세. 어린이들은 짜장면, 전날 한 잔 걸치신 분들은 짬뽕을 선택할 거란 생각. 그럼에도 주변엔 짜장면 해장을 선호하는 분들이 상당수. 과한 음주가 몸속 기름기를 다 뺏기 때문이라 짐작. 햄버거 해장도 같은 이치. 짬뽕은 중국 푸젠성 ‘탕육사면(湯肉絲麵)’에서 유래해 일본으로 건너가 ‘나가사키 짬뽕’이 되었고, 이후 한국 화교들에 의해 고춧가루 팍팍 넣은 짬뽕으로 바뀌었다는 것이 유력한 설. 한편 일각에선 전북 군산시에 거주하는 화교들에 의해 만들어졌단 설도 제기. 어쨌든 중국요리가 한국요리로 변신. 유래로 보면 짜장면도 마찬가지. 한국인들의 창의적 사고 덕분이라 생각. 유식하게 ‘모방적 창조’란 말을 써도 될 듯한 느낌.

짬뽕이란 건 서로 ‘뒤섞다’라는 뜻으로 한국말 같지만 일본어 ‘잔폰(ちゃんぽん)’에서 유래했다는 게 검색 결과. 요즘 짬뽕을 잘하는 중국집이 줄어들고 있다는 생각. 꼭짓점 없는 물가 때문인지, 짬뽕이 부가가치가 없어 그런 건지 모르겠지만, 양쪽 다 영향이 있다고 생각. 짜장면도 마찬가지. 이러한 빈틈을 식품업체들이 활용하기 시작. 농심 ‘오징어짬뽕’ 라면이 유행하더니 근래 들어선 신세계푸드 브랜드인 피코크에서 ‘차돌짬뽕탕’을 출시해 인기. 짬뽕을 즐기진 않지만, 피코크 차돌짬뽕탕에 반한 건 오래전. 피코크에 따르면, 차돌박이와 돼지고기를 섞어 묵직하고 얼큰하게 끓였다는 설명. 묵직한 뜻이 애매모호하지만 깊이 있게 우려냈단 의미로 이해. 여

기에 취향에 맞게 호박 등의 여러 야채를 넣을 경우 맛이 두 배. 특히, 다 끓인 후 날달걀을 넣는 게 포인트. 환상적 맛 그 자체.

그동안 아빠들이 짜파게티 요리사를 자처했다면 이젠 피코크 차돌짬뽕탕이 대세. 이번 주 아이들 식사로 피코크 차돌짬뽕탕을 고려해볼 만. 여태껏 실점을 만회할 절호의 기회.

너구리

충성도가 높은 라면. 마니아층이 두텁다는 의미. 너구리는 "쫄깃쫄깃 오동통통 농심 너구리" 로고송은 국민 동요 수준. 로고송 내용처럼 우동 같은 굵은 면이 특징. 일본 우동에서 영감을 얻었기 때문. 출시 당시 너구리는 라면이 아닌 '너구리 우동'으로 시작. 왜 너구리인지 호기심 가득. 주로 맵거나 (신라면), 진하거나(진라면) 등 맛을 비유해 만드는 게 일반적 선택. 인터넷에는 여러 설이 난무하지만 일본 '사누키 우동' 에서 따왔다는 데 의견이 모아지는 모습. 사누키와 '너구리' 를 뜻하는 타누키의 발음이 비슷해 자연스럽게 연결되었을 것으로 해석. 이 밖에 너구리 꼬리가 오동통해서 면발이 오동 통한 것과 연결했다는 주장이 있지만, 오동통한 꼬리가 너구 리뿐인지에 대해서는 궁색할 따름.

또 너구리는 큼지막한 다시마가 들어 있는 게 특징. 감칠맛의 비밀이 바로 다시마 때문이라고 너구리 마니아들은 한목소리. 다시마를 '먹는다'와 '버린다'로 의견이 갈리는데, 농심 관계자는 너구리에 들어가는 다시마는 전량 전라남도 완도군 생산으로 맛도 영양도 풍부하다며, 이제라도 먹어야 한다고 강조.

　너구리의 제2전성기는 '짜파구리(짜파게티 + 너구리)'. 〈아빠 어디가〉 등의 예능 프로그램에서의 소개 덕에 떴다가, 영화 〈기생충〉에서 '채끝살' 넣은 짜파구리로 제2전성기는 시작. 채끝살은 소를 몰 때 휘두르는 '채찍의 끝'이 닿는 부위라 하여 붙여진 이름. 라면 하나에도 얽히고설킨 재미난 사연이 무궁무진.

짜장면 이모저모

짜장면에 대한 추억은 누구에게나 있을 법한 기억. 지금이야 서민음식으로 전락한 신세지만, 예전엔 졸업식 등 중요한 행사가 있을 때만 맛볼 수 있던 음식. 돌이켜 보면 졸업식 날, 부유한 집은 갈비집, 가난한 집은 중국집을 찾았던 기억. 재력이 상당했던 집에선 경양식집 방문. '경양식'이란 말이 오늘날엔 거의 사라진 단어지만, 가벼울 경(輕), 바다 양(洋), 밥 식(食)을 써 간단한 서양식 일품요리란 의미. 또, 주5일 근무제가 도입되기 전에는 직장인들 사이에 '토요일 점심＝중국집'이라는 등식이 성립될 정도로 짜장면이 직장인 최애 음식이었던 건 주지의 사실. 이번 글은 짜장면과 관련된 요모조모, 즉 이모저모를 알아볼 차례. '요모조모'란 사물의 요런 면 조런 면, 즉 다양한 측면을 뜻하는 순우리말.

짜장면＝자장면

일각에선 표기를 두고 '짜장면'이냐, '자장면'이냐 대립. 그러나 '짜장면'도 옳고 '자장면'도 옳은 복수 표준어. 짜장면은 2011년 8월 31일에 공식적으로 복수 표준어로 인정. 근데 짜장면이 입에 더 착 감기는 느낌. 예전부터 그렇게 불렀던 경험과 우리 특유의 된소리 문화의 영향. 이처럼 된소리되기가 빈번한 건 센 척하기 위함이 아닌가 짐작. 이는 사실이 아닌 오로지 주관적 판단이라 외부 사용 시 유의할 필요.

간짜장 맛있게 먹는 법

짜장면은 중국의 '자작면'이 한국에 유입되어 한국식으로 변형된 사례. 일종의 중식의 '한국화'인 셈. 짬뽕 또한 마찬가지의 경로. 또, 한 가지 주목할 점은 강화도조약으로 개항 이후 인천(제물포) 하역 노동자들이 먹기 시작했다는 게 역사적 배경. 따라서 인천은 짜장면의 고향.

이런 가운데, '짜장'과 '간짜장' 차이가 궁금해지는 지점. 짜장면 종류가 여러 갈래로 나뉘지만, 짜장과 간짜장이 그 가장 큰 줄기. 쉽게 말해 간짜장은 물을 넣지 않고 춘장을 볶았다는 의미. 반대로 물을 넣어 볶은 건 짜장. 간짜장 '간'은 마른 건(乾)에서 유래. 보통의 짜장보다 센 간이 특징. 춘장의 진하고 센 맛을 즐기고 싶다면 간짜장을, 목 넘김이 부드러운 단맛을 느끼고 싶다면 짜장을 주문하는 게 올바른 선택.

얼마 전 성수역 근처 '웰컴차이나'라는 중국집 방문. 간짜장이 맛있다는 소문을 들었던 까닭. 간짜장 맛집답게 '간짜장 맛있게 먹는 법'이라는 제목의 글이 테이블마다 게시. "간짜장 소스를 한꺼번에 붓지 말고, 면에 조금씩 넣어가며 먹으라."는 독특한 주문. 그 이유는 간짜장은 비비면 비빌수록 면이 불기 때문이라고 설명. 한 번에 너무 많이 비비지 말라는 의미. 처음엔 긴가민가한 의심. 여태껏 수많은 간짜장을 먹어봤지만, 이런 설명은 처음. 속는 셈 치고 설명대로 소스를 면에 조금씩 넣어 비벼 먹기 시작. 간짜장 특유의 풍미가 그대로 입안 가득 전달되는 느낌. 무릎을 탁 치게 되는 깨달음. 짜장과 소스를 별도로 내어주는 이유가 바로 이것. 소스를 한꺼번에 붓는다면 따로 제공할 이유가 없기 때문.

짜장면 마진은 30%가량

얼마 전 짜장면 평균 가격이 7,000원이라는 기사를 본 기억. 왜 7,000원인가 하는 호기심 발동. 보통 식당 음식점의 원가는 '식재료 + 인건비 + 임대료 + 기타 부대비용(전기, 가스, 수도 요금 등)'으로 구성. 원가 분석 전문가는 짜장면 한 그릇의 식재료 원가가 1,400~1,800원이라 주장. 여기에 '인건비 + 임대료 + 부대비용'을 합하면 총 원가 산출. 자세한 건 알 수 없지만, 5,000원 안팎으로 결정될 것으로 추정. 그렇다면 짜장면 평균 가격이 7,000원이라 하니, 한 그릇 당 2,000원 정도가 마진인 셈. 마진율이 대략 30%가량. 다만 이러한 수치는 식재료의 가격 변동, 식당 위치에 따른 임대료, 주방장 연봉 등 다양한 변수가 있는지라 일괄적으로 적용하기 어렵다는 생각. 이런 가운데 인건비와 임대료가 천정부지로 치솟는 상황에서 짜장면 가격도 곧 10,000원을 돌파하지 않을까 염려. '내 월급만 안 올랐단 푸념'이 현실화될 가능성이 목전. 2025년 4월 기준 한국소비자원에 따르면, 비빔밥 한 그릇은 11,000원, 칼국수가 7,500원, 냉면은 12,000원. 다른 음식 가격은 다 이해된다 하더라도 냉면 가격은 유독 이해 불가. 공급 대비 수요가 지나치게 많은 건지, 아님 냉면이 '고평가'된 건지, 이제는 냉정하게 바라볼 때.

불고기

'불[火] + 고기'. 불에 고기를 굽는 요리로 정의. 즉, 구운 고기. 주로 일상에선 '소불고기'를 지칭. 돼지 + 불고기는 제육볶음, 닭은 닭갈비 또는 닭볶음탕, 오리는 주물럭이란 단어와 어울려 사용되기 때문. 불고기는 호불호 없는 대표 한식 메뉴. 외국인들에게도 인기. 모르긴 해도 달착지근하고 짭조름한 맛에다가 불맛의 풍미가 있기 때문이라 생각. 일각에서는 불고기를 좋아하면 초딩 입맛이라고 놀리기 일쑤지만서도, 본인 또한 불고기를 즐기고 있는 아이러니한 상황 발생은 인지상정. 그만큼 맛있단 방증.

불고기의 기원은 고구려의 '맥적'. 예맥족의 '맥(貊)' + 구울 '적(炙)'. 즉 고구려 조상인 맥족이 즐기던 구이 요리. 단순한 요리가 아니라 유구한 역사가 담긴 민족의 유산.

이런 가운데 지역별 불고기에 대해서도 궁금증 증폭. 서울식 불고기를 비롯해 광양식과 언양식 불고기가 대표적. 서울식 불고기의 특징은 자작한 국물. 전골식이란 의미. 또 가운데가 볼록 튀어나온 불판이 특색. 볼록한 부분에 고기를 구운 다음 움푹 들어간 면에 있는 국물에 적셔 먹는 게 일반적 방식. 국물에 적셔 먹다 보니, 부드러운 목 넘김이 장점. 일각에선 서울식 불고기가 평양식 불고기에서 유래했다는 의견. 서울식과 평양식이 꽤 유사했던 모양. 또, 광양식 불고기는 전남 광양시에서 해먹던 불고기. 앞선 설명과 마찬가지로 석쇠에 구워 먹는 방식. 소고기를 얇고 넓게 잘라 즉석에서 달달한 양념을 한 후 석쇠에 구워 먹는 방식의 불고기. 즉석 양념이 특징. 한편, 언양식 불고기는 울산시 울주군 언양면 지역의 불고기를 의미하는데, 쉽게 말해 떡갈비식. 소고기를 다진 후에 석쇠에 올려 먹는 방식으로 맛과 형태가 떡갈비와 유사. 셋 중 하나를 고르라면 '못 고른다'는 답변이 절반 이상일 걸로 짐작. 셋 다 맛있는 까닭.

LA갈비와 우대갈비

이 글은 구수한 사투리를 쓰는 지인이 전화로 "형님 왜 LA갈비입니까?"라는 물음에서 시작. 쉽게 생각했지만 사연이 참 많은 게 'LA갈비'. 우선 LA갈비는 소의 13개 갈비뼈 중 6번, 7번, 8번 갈빗대에 붙은 부위. 갈비뼈 번호는 머리 쪽부터 꼬리 쪽을 향해 매기는 방식. 요즘 캠핑러들에게 입소문을 타고 있는 '우대갈비'도 같은 부위. 둘을 구분하는 건 오로지 써는 방향의 차이. 갈빗대 모양을 그대로 살려 가로로 썰면 '우대갈비', 갈빗대 수직 방향으로 자르면 'LA갈비'란 의미. 같은 부위인데 써는 방향을 달리해 명칭을 붙인 것을 보면 뭔가 다르기 때문이라 짐작. 축산 유통업계에 따르면, LA갈비는 먹기 좋게 썰어져 가정에서 많이 이용한다면, 우대갈비는 뼈 통째로 잘려있어 야외 캠핑 시 많이 구매. 아무래도 가정용인 LA갈비가 수요가 많다 보니 가격이 우대갈비보다 높게 형성된다는 게 유통업계 관계자의 귀띔.

LA갈비 유래에 대해선 'LA거주 한인설'과 '영단어설'로 양분. 전자는 LA거주 한인 1세대들이 미국식 스테이크에 적응하지 못하고, 불고기처럼 가격이 싼 갈빗대에 붙은 살에다가 양념을 해서 먹은 데서 유래했다는 설. 후자는 LA갈비를 세로로 썬다는 의미에서 '옆의'라는 뜻을 가진 영어 단어 'Lateral'의 앞 두 글자 'L'과 'A'에서 유래했단 설. 양쪽 모두 설득력 있는 주장이라 생각. 요즘 미식가들 사이 돌아가는 애기를 종합하면, 우대갈비는 서울 용산의 '몽탄'과 분당 등 여러 지역의 '우대포', 그리고 LA갈비는 '청기와타운'이 입소문. 청기와타운 인테리어 콘셉트가 마치 LA 분위기인 걸 보면 LA갈비 명칭 유래는 LA 거주 한인설에 더 가깝단 생각. 요즘 청기와타운이 인기몰이를 하고 있다는데, 가성비 때문에 찾는다는 사람이 열에 일곱 정도. 인기가 좋으면 웨이팅이 길고 시끄럽다고 하니, 기회비용도 생각하며 방문할 필요성. 더욱이 어두침침한 조명이라 상대 얼굴을 확인하기 어려워 누굴 소개하는 자리엔 어울리지 않을 거라 짐작.

수육과 제육, 그리고 편육

평양냉면집 메뉴판의 영원한 숙제. 수육, 제육, 편육의 차이. 인터넷도 제각각, 사장님도 헷갈리는 혼돈의 카오스. 예능 〈수요미식회〉의 정의에 따르면 소고기는 수육, 돼지고기는 제육, 눌러서 식힌 건 편육. 즉 '고기 종류'와 '온도' 차이라는 해석. 허나 이는 반은 맞고 반은 틀린 반쪽짜리 설명.

수육: 삶은 고기

수육은 물 수(水)＋고기 육(肉)의 조합. 물에 삶은 고기란 의미. 앞선 설명과 같이 고기의 종류를 뜻하는 것이 아니라는 의미. 또 '따뜻하냐', '차갑냐'와도 아무런 상관관계가 없다는 게 증명된 셈. 결국 따뜻하게 삶아 나온 소고기를 수육이라 하는 정의는 잘못. 그럼에도 물에 삶았다는 건 어떻게 추정한 건지 의문이 드는 지점. 물에 삶은 게 아니고 물을 넣었단 의미도 예상할 수 있기 때문. 물에 삶았다는 건 '수육'이 '숙육'에서 유래했기 때문이라는 일각의 주장. '숙'은 익힐 숙(熟). 결론적으로 '수육'이란 물에 삶은 고기란 의미로 최종 정리.

제육: 돼지고기

제육은 '돼지 저(猪)'란 한자에 뿌리를 둔 것으로 의견이 일치. 따라서 제육＝돼지고기. 제육볶음이란 게 결국 돼지고기 볶음. 앞선 설명처럼 차갑게 나온 돼지고기가 제육이 아닌 셈. 냉면집에서 편의상 만들어낸 정의라고 판단. 그렇다면 냉면집에서 소는 따뜻하게 먹고, 돼지를 차갑게 먹는 이유에 대한 호기심. 돌이켜보면 소고기는 따뜻한 음식으로, 돼지는 차가운 음식으로 분류되기 때문이 아닌가 짐작. 또한, 일각에선 돼지 저금통의 '저'가 돼지 '저(猪)'라고 주장하지만 '쌓을 저(貯)'가 정답.

편육: 네모 조각 모양의 고기

조각 편(片) + 고기 육(肉). 고기 종류나 온도가 아닌 '모양'에 방점. 삶은 고기를 베 보자기에 싸서 무거운 돌 등으로 눌러 기름기를 빼고 네모난 조각으로 썬 형태. 눌러서 쫄깃해진 식감이 특징.

○○수육 / ○○제육 / ○○편육

수육은 물에 삶은 고기를 총칭하는 낱말. 따라서 수육 앞에 고기 종류를 적어준다면 정확하게 의미 전달. 가령 '소고기 수육', '돼지고기 수육' 등. 다만, 닭은 '백숙'이라는 단어와 어울려 사용하기 때문에 '닭 수육'은 적절치 못하다 생각. 백숙은 흰 백(白) + 익힐 숙(熟)을 써 하얗게 끓인다(삶는다)는 의미. 즉 '닭 수육'이 아닌 '닭백숙'이 옳은 표현.

　제육은 돼지고기라는 뜻. 냉면집처럼 차가운 돼지고기라는 의미를 내세우고 싶다면 '냉 제육'으로 표기하는 게 적절. 마지막으로 편육은 네모조각 모양에서 따온 고기란 뜻이므로, 돼지 편육, 소머리고기 편육 등 고기의 종류나 부위 등을 표기해 준다면 고객들의 헷갈림은 자동으로 없어질 거라 판단.

냉면 맛집

냉면 맛집을 소개하기로 결심. 평양보단 함흥파인지라, 함흥냉면(함냉)집과 슴슴 정도가 약한 평양냉면(평냉)집을 안내할 계획.

함냉을 드시고 싶다면, 서울 중구 오장동 함흥냉면 거리를 추천. 이 중 '오장동 함흥집'이 제일 유명. 맛있는 양념장 때문에 양념장을 몰래 챙겨가고 싶다는 후문이 있을 정도.

평냉에 관해서는, 맛집 소개가 워낙 많은지라 별도 설명이 필요할지 의문. 해장을 위해 종종 들리는 곳만 소개. 을지로4가 '우래옥'. 밍밍한 정도가 약해 선호. 또 을지로입구역 '남포면옥'도 마찬가지. 지역을 강남으로 옮기면 삼성중앙역 부근 '능라도'와 선릉역 근처 '평가옥'을 들르는 편. 또 압구정역 근방 '피양옥'도 종종 방문.

돼지국밥 원조 논쟁, 부산 vs 밀양

근래 서울에서도 돼지국밥 간판이 속속 눈에 들어오고 있단 생각. 돼지국밥이란 돼지 뼈와 살코기를 삶아 우려낸 국물에 밥을 말아먹는 국밥. 뽀얀 국물에 슴슴한 맛이 특징. 일각에선 슴슴함을 없애기 위해 소금, 다대기, 김치 국물 등을 총동원하는 경향. 이런 가운데, 돼지국밥의 원조 논쟁은 아직도 진행 중. 부산 vs 밀양의 대결. 주변 대부분은 부산이 원조라 생각. 하지만 밀양은 한 세기가 훌쩍 지난 국밥집이 있을 정도로 원조는 밀양이라고 일각에선 주장. 반면, 부산은 돼지국밥이 대중적으로 인지도를 얻게 된 곳이라 부산의 향토 음식이라고 내세우고 있다는 게 검색 결과. 부산과 밀양은 지리적으로 인접해 예부터 교류 활발. 이 같은 사실로 미뤄 짐작하는데 원조 논쟁은 무의미. 부산과 밀양은 행정구역상 갈라났을 뿐 같은 지역이라 생각.

돼지국밥 마니아층에선 돼지 잡내 잡는 게 핵심 기술이라 귀띔. 광화문 주변 작장인들 사이에선 '엄용백돼지국밥'이 입소문. 인사동에 위치. 35℃를 넘는 찜통더위에도 아랑곳하지 않고 대기줄 끝이 안 보일 정도. 대기줄이 이곳의 맛을 증명. 돼지 잡내 하나 없이 깔끔한 뒷맛이 일품. 한약재 냄새가 나는 걸 보니, 당귀 아님 방아잎을 넣은 것으로 추정. 또 후추 맛도 강하다는 특징. 수육도 판매하는데, 밥솥에 찌기 때문에 시간이 오래 걸리는 게 단점. 허나, 한 번 맛보면 잊지 못할 것이란 점이 함께 했던 동료들의 한목소리. 일각에선 박찬일 세프가 운영하는 '광화문국밥'과 비교하면서, 이젠 돼지국밥의 왕관은 엄용백에 물려주는 건 시간문제라 언급. 엄용백은 부산에서 시작, 서울로 올라온 케이스. 인터넷을 검색해보면, 부산에서의 엄용백 인기를 바로 확인 가능. 죽기 전에 꼭 가봐야 할 식당 목록에 엄용백이 올라오는 건 누구도 부인하기 어렵다 생각.

순대 3색

사회생활 하다 보면 만나는 동료들의 출신이 각양각색. 출신이 다르다 보니 다른 억양뿐 아니라 지역색을 확인하는 경우가 여러 번. 순대집에 갔을 때가 그중 하나. 순대 찍어먹는 소스가 제각각이기 때문. 이전까지 순대에 소금 찍는 건 당연하다 생각. 이외 다른 걸 찍어 먹는다는 건 상상조차 못 해본 일. 그러나 이런 생각은 곧 산산조각.

영남 출신들이 쌈장에 순대를 찍어 먹는 걸 목격. 처음엔 농담이라 생각. 쌈장은 말 그대로 쌈을 싸 먹을 때 먹는 거라 생각. 하지만 부산 등 영남권에선 순대를 쌈장에 찍어 먹는 게 진리란 설명. 이런 가운데 호남 출신은 순대집에서 초장을 주문. 횟집도 아닌데 초장을 찾는 건 드문 일. 호남에선 초장에 순대를 찍어 먹는다는 게 이들의 설명. 각기 지역마다 순대 소스를 달리하는 건 다 이유가 있다 생각. 소금이 귀했기 때문, 아님 된장이나 고추장을 더 선호했기 때문이라 짐작. 고정관념에 사로잡힐 이유가 없다 생각. 순대집에서 얻은 교훈. 한편 복집에 갔을 때도 지역색 확인. 대게 간장을 찍는데, 호남 출신들은 초장을 주문. 초장을 시도해본 결과, 색다른 맛. 간장과 초장 둘 다 찍어 먹기로 결정. 호남의 고추장 사랑은 유별. 그래서 그런지 전북 순창엔 고추장이 특산물.

전주 가맥집

가게＋맥주＋집. 가게에서 맥주를 먹는 집이란 뜻. 동네 슈퍼 또는 구멍가게에 테이블 몇 개 놓고 술과 안주를 파는 곳이란 의미. 예전 집 앞 조그만 슈퍼에서 어르신들이 과자를 안주 삼아 맥주나 소주를 드셨던 장면을 기억. 일각에선 가맥집에서 파는 맥주가 '업소용'이 아니라 '가정용'이라 가정용 맥주집이라고 주장. 1980년대 전주에서 시작했다는 게 정설로 받아들여지는 분위기. 허나 예전부터 동네 곳곳 슈퍼에서 어르신들이 술을 잡수는 장면을 많이 본지라 딱히 신뢰가 가지 않는 측면. 전주에 있는 '전일슈퍼'나 '영동슈퍼' 등이 입소문 나면서 만들어진 게 아닌가 생각. 모든 동네에 있었지만 전주가 가장 유명했기 때문에, 전주에서 시작했다는 말이 만들어졌다는 게 하토상의 추론.

서울에선 을지로3가와 종로3가의 골목에 가맥집이 즐비. '서울식품', '거북이식품' 등이 유명세. 싼 가격이 큰 장점이라 하지만 근래 들어선 가격이 많이 오른 편. 일부에선 허름하고 비좁은 게 가맥집을 찾는 즐거움이라는 시각. 이해가 쉽지 않으나 예전 감성을 느끼기 위한 것이라 판단. 가맥집마다 안주는 제각각이지만 스팸, 계란말이 등이 주 메뉴. 하지만 식품위생법상 슈퍼에서 음식을 조리해 판매하는 건 금지. 주변에선 가맥집을 종종 찾는다는 사람도 있지만 화장실 한 번 가보고 다시는 방문하지 않을 거란 사람들도 상당. 호불호가 갈리는 지점.

　개인적으론 제값 주고 깨끗하고 편안한 곳에서 먹고 싶은 취향. 더욱이 화장실 위생까지 문제라면 더더욱 방문 기피. 그럼에도 가맥집을 찾지 않는다는 사람들도 광화문역 부근 '금성슈퍼'라는 가맥집에 대해선 호평. 접근성도 좋고, 깨끗하고 편안함까지 갖췄다는 평가. 거기에 생맥주 300cc가 1,900원이라 가성비까지 구비. 무엇보다 브레이크 타임이 없어 주변 주당들이 낮에 많이 방문한단 후문.

하타

하타는 신탄지주조에서 만든 우리나라 청주(淸酒). 청주는 우리 고유의 술 이름. 일본의 사케와 같은 듯 다른 듯. 다 익은 술의 맑은 부분을 '청주', 남은 지게미에 물을 더 넣어 거른 것이 '탁주(濁酒)'. 탁주는 흐릴 탁(濁)과 술 주(酒)를 써 흐린 술, 즉 막걸리란 뜻. '하타'를 처음 접한 건 정체불명의 한 이자카야식 식당. '주신당'이란 상호답게 신비로운 컨셉의 외관이 특징. 온통 검정색인데다가 조명은 오로지 촛불. 식당인지 점을 보는 점집인지 헷갈리는 지점. 주신당에선 우리에게 익숙한 술은 의도적으로 메뉴판에서 뺀 느낌. 차별화 전략으로 짐작. 맥주가 있었는지 기억은 흐릿하나, '참이슬'과 '처음처럼' 같은 늘상 접할 수 있는 소주는 메뉴판에 없었던 건 분명. 이로 인해 어쩔 수 없이 하타를 주문. 비자발적 선택, 또는 강요였단 의미.

어찌되었든 하타를 주문해 입술에 댄 순간 나쁘지 않았다는 게 첫 느낌. 두 번째 잔을 입에 갖다 대니 깔끔하면서도 달콤하게 끝맺는 풍미가 일품. 무엇보다 꼬릿꼬릿한 특유의 누룩 향을 고급스럽게 처리했단 생각 물씬. 도수는 16%. '한산소곡주'와 맛이 엇비슷. 앉은뱅이 술이란 별칭을 가진 소곡주만큼이나 하타 맛에 엄지척. 이런 가운데 하타를 두고 유명 요리사들의 칭찬도 이어지고 있는데, 박찬일 셰프는 한 언론 인터뷰에서 하타에 대해 "상당히 정돈된 맛, 그리고 고급스러운 느낌이다.”라고 평가하면서 맛이 강한 음식보다는 담백한 맛의 음식과 곁들이길 추천.

하타라는 이름은 일본에 술 빚는 기술을 전수한 백제인의 이름에서 유래되었다는 설. 술 빚는 능력과 물을 다스리는 기술이 뛰어나 현재까지 일본의 주신(酒神)으로 불리고 있다는 후문. 현재 일본뿐 아니라 우리나라에서도 ‘닷사이’ 등의 일본 사케가 입소문을 타고 있는데, 그 원류가 우리나라였던 점을 생각하니 흐뭇. 허나 우리나라 사케 시장은 커지고 있는 반면, 청주 시장은 쪼그라들고 있단 기사를 접하니 뒷맛이 개운치 않은 느낌.

한편 일각에선 하타를 중국 한나라 말기의 명의 ‘화타’로 오인. 그러나 지금부터라도 하타는 우리나라 술 전문가, 화타는 중국 의사임을 구분할 필요.

주변 대형마트에서도 보기 힘든 존재라 어디서 구매해야 할지 의문일 수 있지만, 의외로 해답이 가깝다는 사실. 하타는 전통술로 분류돼 인터넷 구매가 가능. 또 하타는 대전에 본사와 양조장을 둔 ‘신탄진주조’에서 생산하고 있어 대전 주변에선 쉽게 구매할 수 있지 않을까 생각. 신탄진주조는 대대로 내려오는 유씨종가의 가양주 비법을 양조업으로 발전시킨 곳. 신탄진주조는 좋은 재료가 좋은 술을 만든다는 태도로, 하타가 발효주임에도 두통 등의 숙취가 없음을 강조. 새로운 술을 찾고 계신 분이라면 속는 셈치고 하타를 한 번쯤 구매해볼 법. 특히 대전에 연고가 있는 분들은 하타 홍보에 적극 나서주길 희망. 대전하면 딱 떠오르는 음식이 없기 때문.

막걸리

'막걸리=서민 술'이라는 공식의 파괴. 1~2만 원대 프리미엄을 넘어 10만 원을 호가하는 막걸리가 등장했기 때문. 호남의 '해창막걸리(해남)'와 영남의 '복순도가(울산)'가 고급화를 양분해 주도. 특히 18% 해창막걸리는 900ml 기준 한 병에 10만 원이 넘는 등 위스키 뺨치는 가격. 맥주보다 세금이 훨씬 싼데도 비싼 건, 그만큼 품질에 자신 있다는 방증.

한편 우리나라에선 막걸리 브랜드가 많은 게 특징. 프랑스의 와인과 독일의 맥주와 비견될 정도. 소주의 경우 지역별 1~2가지 브랜드를 가진 반면, 막걸리는 훨씬 다양. 막걸리 원조 고장인 포천의 경우 '포천막걸리'를 비롯해 '이동막걸리', '내촌막걸리' 등 브랜드가 여럿. 포천막걸리가 유명한 이유는 물과 쌀이 좋기 때문이란 설명. 수도권의 경우 서울은 '장수막걸리', 인천은 '소성주', 경기에선 포천을 포함해 '지평막걸리(양평)', '가평 잣막걸리'가 유명세. 이런 가운데, 막걸리는 정치인의 술로 자리매김. 박정희 전 대통령과 이낙연 전 총리가 대표적. 박 전 대통령은 일명 '막사'라고 막걸리에 사이다를 타서 드셨던 걸로 유명. 영화 〈남산의 부장들〉에서 막사 장면이 다수 등장. 이낙연 전 총리 시절, 전국 각지의 막걸리를 공수해야 해서 보좌진이 진땀을 흘렸던 게 여러 번이었다는 후문. 삼성 이건희 회장도 생전 즐겨 찾았다는 풍문. 외국인들에게도 (소맥보단 덜하지만) 막걸리도 서서히 입소문 나고 있다는 게 여행업계의 설명. 목 넘김이 부드러운 데다 달달한 맛이 외국인들에게 안성맞춤. 와인이나 맥주처럼 우리 막걸리가 세계 주류시장을 주름잡길 간절히 희망. 숙취가 심한 게 단점일 뿐.

음주 문화

근래 들어 주종을 막걸리로 갈아타는 분들이 상당수. 여러 이유가 있겠지만, 논란의 소지가 있음에도 '음주 합리화'로 귀결된다는 게 주당들의 시선. 주변 A씨는 "막걸리가 건강에 좋다."는 핑계로 자신의 상습적 음주 습관을 미화. 또, B씨는 "도수가 낮으니 자주 먹어도 무방하다."며, 자신의 음주 습관엔 문제가 없다고 항변. 하지만 막걸리도 엄연히 술이기 때문에 건강에 좋지 않다는 게 의료계 중론. 일각에선 막걸리가 알코올 중독의 마지막 관문이라고 지적, 식사를 대체할 수 있기 때문. 실제 막걸리로 밥을 대신하는 주당들이 다수. 그럼에도 막걸리 선택을 주저하게 만드는 지점은 바로 '숙취'. 주변 열에 아홉은 막걸리 숙취를 경험. 특히 '머리가 아프다'는 의견이 지배적. 막걸리와 같은 발효주는 제조 과정에서 숙취 유발 물질인 '아세트알데히드' 성분과 미량의 '메탄올'이 발생. 막걸리뿐 아니라 와인과 맥주 등 발효주의 공통된 현상.

이를 두고 일각에선 "술을 안 먹으면 되지 않냐?"고 한가하게 묻지만, 숙취보다 술로 얻을 수 있는 게 더 많기 때문에 포기할 수 없다고 말해 주고 싶은 심정. 논란의 여지가 있지만 〈취중진담〉, 〈기억상실〉 등이 술이 주는 혜택. 쓰다 보니 몇 해 전 유행했던 노래 제목인 걸 확인. 〈취중진담〉은 전람회,

〈기억상실〉은 거미의 노래. 전람회와 거미가 주당이란 사실
은 확인 불가. 주변에선 술 먹고 기억이 안 난다고 걱정하지
만, 술은 잊기 위해 먹는 거라고 설명. 또, 술 먹고 실수한 게
없냐는 질문도 많은데, 술은 실수하기 위해 먹는다고 종종 답
변. 문제는 정도일 뿐. 과하면 문제의 소지. 일각에선 술에 대
해 너무 관대한 게 아니냐고 지적하지만, 눈앞의 현상을 긍정
적으로 바라볼 뿐이라고 항변.

〈기억상실〉은 거미의 노래. 전람회와 거미가 주당이란 사실
은 확인 불가. 주변에선 술 먹고 기억이 안 난다고 걱정하지
만, 술은 잊기 위해 먹는 거라고 설명. 또, 술 먹고 실수한 게
없냐는 질문도 많은데, 술은 실수하기 위해 먹는다고 종종 답
변. 문제는 정도일 뿐. 과하면 문제의 소지. 일각에선 술에 대
해 너무 관대한 게 아니냐고 지적하지만, 눈앞의 현상을 긍정

제주도 노지 소주

노지 + 소주. 노지는 이슬 로(露), 땅 지(地). 이슬 맞는 땅, 즉 지붕 없는 자연 상태의 땅을 의미. 표준국어대사전의 정의는 '지붕 따위로 덮거나 가리지 않은 땅'. 농경 방식 중 '노지 재배' 역시 자연 상태의 농경지에서 하는 작물 재배를 지칭. 이쯤에서 짐작 가능한 노지 소주의 정체. 지붕이 없는 상온에서 보관한 소주. 즉 '냉장보관하지 않은 소주'를 뜻하는 제주도만의 주류 용어. 육지 사람에게는 상상 불가. 가뜩이나 쓴 소주, 미지근하면 쓴맛이 배가된다는 건 누구나 아는 사실. 한겨울에도 차가운 소주를 찾는 게 한국 문화인 까닭.

노지 소주에 대해 주변 제주 출신 지인들에게 질문. 소주 본연의 진한 맛을 즐기기 위함이라는 설명. 이해 불가지만 존중해야 할 개인의 취향. 인터넷에 떠도는 또 다른 이유는 '배앓이 방지'. 제주 대표 안주인 돼지고기와 해산물 성질이 차가운 탓에, 술까지 차면 탈이 난다는 논리. 찬 음식 과다 섭취 시 배탈은 누구나 겪은 경험. 또, 일각에선 '제주도 전력 부족설'을 제기. 듣자마자 무릎을 탁 쳤던 기억. 하지만 현재 제주는 전기가 남아돈다니, 그저 재미있는 낭설일 뿐.

무알코올 술

‘무알코올 술’이란 건 단어 자체가 상호 모순. 앞뒤가 안 맞는다는 뜻. 술이란 본래 알코올이 포함되어야 성립. 우리나라 주세법 역시 알코올이 1% 이상 포함된 것을 술로 규정. ‘주세법’의 글자 의미는 술 주(酒), 세금 세(稅). 건강 목적이 아닌 세금 징수가 목적이니 소관 부처는 당연히 ‘국세청’. 증류주의 경우 세금이 출고가의 72%에 달하는 상황. ‘주당은 모범 납세자’라는 등식이 성립하는 이유. 그럼에도 무알코올 시장은 규모와 종류 모두 다양화되는 중. 이게 바로 현장에서 들려오는 생생한 증언.

무알코올 술 시장은 확대 중

대형마트와 편의점 어디서나 무알코올 또는 비알코올 맥주 발견. 일부 마트는 전용 코너까지 마련. 시장 규모 확대의 확실한 방증. 주당들에겐 있을 수 없는 일이지만 엄연한 현실. 무알코올은 알코올 0%, 비알코올은 알코올 1% 미만을 의미. 운전 시 꼭 확인해야 할 지점.

무알코올 맥주→와인으로 흐름 이동

곳곳에서 들리는 무알코올 시장이 다양화되고 있다는 소식. 기존 무알코올 술이라면 으레 맥주만 떠올렸다면 근래엔 와인으로 이동 중이라는 전언. 현장의 무알코올 애호가들 사이

에선 '보테가(bottega) 무알코올 와인'을 많이 선호. "그 보테
가입니까?"라는 질문에 돌아온 "아니요."라는 답변. 명품 브
랜드 '보테가 베네타'와 이름도 영어 철자도 같지만, '보테가
무알코올 와인'에서 보테가는 이탈리아의 유명 와이너리라는
설명.

히트 예감, 보테가 제로

술을 못 마시지만 분위기를 내고 싶을 때 제격. 멋스러운 병
디자인, 다양한 풍미, 부드러운 목 넘김의 삼박자. 한입 머금
으면 입안에 퍼지는 꽃과 과일의 향. 함께 시음한 동료의 감
탄사 연발. 입소문만 타면 롱런할 것이라는 확신. 특히 여성
취향 저격 포인트가 있어 홈파티 필수 아이템으로 등극할 거
라고 지레짐작. 인터넷 구매가 가능하다는 점 또한 강점. 무알
코올은 법적으로 '술'이 아니라 '음료'. 라벨을 좀 더 자세히 들
여다보면 '혼합음료' 또는 '탄산음료' 표기를 금세 확인 가능.

식혜와 식해

음료가 '식혜'고, 반찬이 '식해'. 식혜는 알아도 식해를 모르는 경우가 다반사. 식혜는 쌀로 만든 한국 전통음료. 예부터 소화가 잘되는 효능 덕분에 주로 후식으로 음용. 해장에도 으뜸이라 주당들에게 각광. 숙취가 안 풀리면 인근 편의점에 가 '비락식혜' 음용을 추천. (비락식혜는 인기가 좋아 할인 행사를 안 하는 편이라는 게 유통업계의 반응.) 식혜는 달달한 맛 때문인지 '감주'라고도 불리는데, 달 감(甘), 술 주(酒)자를 써 '단술'이란 말도 사용된다는 게 검색 결과. 우리나라 전통음료로는 식혜와 수정과가 쌍두마차인데, 열에 일곱 명가량은 달달한 맛 때문에 식혜를 선호할 것으로 짐작.

반면 식해는 밥 식(食), 육장(젓갈) 해(醢)를 써 쌀을 넣은 젓갈이란 의미. 국어사전에 따르면, 식해는 토막 낸 생선에 고춧가루, 무, 소금, 밥(좁쌀), 엿기름을 섞어 발효시킨 저장 식품. 생선은 주로 가자미를 사용. 가자미식해가 가장 대중적.

북한 함경도가 본진인데, 함경도 사람들이 많이 내려와 사는 속초에 제법 전수자가 많다는 소문. 인터넷 주문으로 손쉽게 배달 가능. 가까이에서 먹으려면 평양냉면 명가 중 하나인 '능라도'를 가보는 것도 추천. 본래 능라도는 평양 대동강 안에 있는 하중도, 강 안의 섬. 우리나라로 치면 한강의 노들섬, 또는 밤섬인 셈인데, 규모는 훨씬 작다는 게 검색 결과. 한편 식당 능라도의 평양냉면은 평냉 입문자도 즐길 수 있을 정도로 간이 좀 있는 편. 가장 슴슴하기로 유명한 '을지면옥'이나 '필동면옥'과 비교하면 간이 두 배 이상 강하다는 게 평냉 고수들의 한목소리.

아직도 주변에선 평냉을 수돗물로 취급할 정도로 호불호가 뚜렷. 취향일 뿐, 내 입맛에만 맞으면 그만. 또 능라도엔 불고기도 맛있다고 입소문 났는데, 육수가 끝내준다는 평가. 달달함을 넘어 감칠맛이 해장에도 제격이라, 일각에선 '불고기해장국'이란 별칭까지 동원하며 칭찬.

우거지와 시래기

같은 듯 다른 듯 아리송. '거지'와 '(쓰)레기' 단어가 쓰여서인지 왠지 부정적 느낌 물씬. 표준어는 '시레기'가 아닌 '시래기'. 인터넷 뒤져보면 어렵게 설명돼 있는데, 간단히 말해 무청 말린 걸 '시래기', 배추 겉대 말린 게 '우거지'. 무와 배추의 자투리 부분인 건 공통점. 그래서 맛과 양양에 비해 저평가. 주식으로 치면 블루오션주와 같은 것. '과일도 못생긴 게 맛있다'란 말이 연상되는 지점. 둘 다 된장국 재료로 사용. 구수한 맛에 섬유질이 많아 밥상에 자주 오르는 음식. 그러나 북한에선 시래깃국을 개나 먹는 음식이라고 굉장히 낮게 평가. 아마도 어원 때문일 거라 짐작. 모양이 어떠한들 맛만 좋으면 그만. 소고기 된장국에 우거지를 넣은 우거지 해장국이 해장에 특효라는 건 이미 알려진 사실.

달면 과일, 반찬이면 채소?

수박, 참외, 토마토가 과일인지, 채소인지 헷갈리지 않으면 비정상. 예나 지금이나 논쟁거리. 대형마트나 전통시장 등 유통가에선 과일로 분류함이 분명. 모두 채소가 아닌 과일 코너에 있기 때문. 주류업계에서도 마찬가지. 이유인즉 호프집에서 과일안주를 주문하면 수박, 참외, 토마토가 빠지지 않고 나오는 까닭. 우리 실생활에서 이들이 '과일'에 해당된다는 건 누구나 인정. 챗GPT는 '과일이기도 하고, 채소이기도 하다'는 애매모호한 답변으로 일관. 어떤 기준을 적용하느냐에 따라 다르다는 관점. 식물학적으로 보면 수박, 참외, 토마토는 '씨가 있고 꽃에서 자라며 열매를 맺고 있기 때문'에 과일에 해당된다고 설명. 반면 농업 측면에선 '밭에서 키우는 1년생 식물'이라 채소란 결론.

한편 오래전 미국에선 관세 분쟁 때문에 토마토가 과일이냐 채소냐를 두고 법정까지 간 사실이 있었는데, 미국 대법원에선 토마토를 채소라고 판결. 당시 과일과 채소의 관세율이 달랐던 모양. 과일은 기호식품이라 채소보다 높은 관세율이 적용됐을 거로 추정. '기호식품'이란 개인의 입맛, 취향에 따라 먹는 식품으로, 커피나 초콜릿 등이 대표적. 이를 두고 일각에선 과일과 채소의 구분이 뭐가 중요하냔 시각. 맛있고, 건강에 좋으면 그만이라는 시선인 셈. 공감 가는 측면. 그럼에도 배우는 재미 또한 모르는 체를 해선 안 된다는 시각도 존재. 공자께서 말씀하신 "배우고 때때로 익히면, 이 또한 즐겁지 아니한가."라는 문구가 연상되는 지점. 하토상도 같은 맥락. 일상의 소소함을 알아가는 재미를 찾아보자는 게 하토상의 취지.

3장

길이

보이는

지리 이야기

섬이 아닌 수중 암초, 이어도

이어도는 제주도 서남쪽에 위치한 수중 암초. 섬이 아니라 바다 속에 있는 큰 바위 덩어리란 의미. 정확히 '이어도'가 아닌 '이어초'가 되는 셈. 가장 높은 꼭짓점이 해수면 아래 4.6m에 위치.

이어도에 관심이 높은 건 경제적 개발 가능성이 무궁무진하기 때문. 황금 어장이자 석유·가스 등 천연자원의 보고. 문제는 이어도가 우리나라와 중국의 배타적 경제수역(EEZ)이 겹치는 중첩 구간이라는 점. EEZ는 영해 기선에서 200해리(약 370km)까지 설정 가능한데, 서해와 남해는 좁아서 필연적으로 겹치는 운명. 우리의 논리는 '중간선 원칙'. 양국 해안선의 중간을 딱 갈라서 경계를 삼자는 것. 국제법적으로 가장 보편적인 기준. 반면 중국은 이를 불인정. 1990년대부터 중국이 이어도에 대해 발톱을 드러내고 있는 모습.

다행히 우리 정부가 해양기지를 설치하는 등 향후 분쟁 소지를 발 빠르게 차단. 다만 외교는 '힘'으로 좌우되기 때문에 앞으로 어떻게 흘러갈지 오리무중. 중국이 중간선 원칙을 인정해줄 리 만무. 결국 외교는 힘의 논리. 독도가 '영토'의 문제라면, 이어도는 '경제와 해양 주권'의 문제. 독도 못지않게 관심을 갖고 지켜봐야 할 우리의 소중한 바다 자산이기 때문.

울산

인구 110만 명의 최대 공업도시. 자동차, 석유화학, 조선이 지역경제를 이끄는 주력 산업. 탄탄한 기업들이 많은 만큼 우리나라에서 가장 잘 사는 지역. 1인당 소득이 6만 달러에 육박. 2024년 기준 우리나라 1인당 소득은 3만 6천 달러 수준이니 두 배가량. 또한 지명에 山이 들어갈 정도로 해발 1,000m가 넘는 높은 산이 무려 여섯 개. 영남 알프스를 공유하는 지자체 중에 가장 압도적인 기세. 공업도시라 그런지 인터넷에선 대전과 더불어 '노잼 도시'란 별칭. 울산 시민 입장에선 억울한 측면.

울산엔 간절곶을 비롯해 태화강, 장생포, 대왕암 등 관광지가 여럿. 먹거리로는 '고래고기'와 '언양불고기'가 유명. 특히 '언양불고기'는 광양불고기, 담양떡갈비보다 식감이나 양념 면에서 더 맛있었던 기억. 한편 울산은 잘 살면서도 명품매장 없기로 유명. 유통가의 공공연한 미스테리로 자리매김. 샤넬이나 에르메스 백을 사기 위해선 인근 부산이나 대구로 원정을 떠난다는 전언.

대구 반월당과 서문시장

'반월당'은 과거 대구에 있던 백화점 이름. 일제강점기인 1930년대 조선인 차병곤이 세운 백화점으로 유명세. 이후 공신백화점으로 상호가 변경됐고, 1981년 철거. 지금은 지역명으로만 사용. 대구지하철 1호선 '반월당역'이 운영 중. 옛 명성만큼 지금도 교통의 요지라는 게 대구 출신들의 동일한 의견.

지금이야 누구나 백화점에서 물건을 구매하지만, 과거 백화점에서는 고가 상품을 팔아 일본 사람들이나 조선 지주들 정도만 이용. 서민들은 엘레베이터나 에스컬레이터를 타보기 위해 방문했을 정도. 한 투자 보고서에 따르면 우리나라에선 롯데, 신세계, 현대가 백화점 매출의 대다수 차지. 매장 수에 있어선 롯데, 명품 구매에 있어서는 신세계, 먹거리는 현대가 제일이란 게 쇼핑러들의 한목소리. 근래 들어선 현대가 '더현대 서울'을 오픈하면서 매출이 급상승하고 있다는 게 유통업계 관계자들의 시각.

한편 '반월당'이 고급 유통 경로였다면, '서문시장'은 그야말로 서민들이 이용했던 전통시장. 서문시장은 선거철마다 정치인 방문으로 북적. 특히 보수 정치인들이 많이 방문해 보수의 성지로 유명.

허나 서문시장은 이미 유명해질 대로 유명해졌기에 장사에 방해된다며 정치인 방문에 손사래 치는 상인들도 여럿이란 전언. 서문시장은 대구 최대 전통시장. 혹자는 칠성시장과 견주지만 규모나 인지도 측면에서 서문시장이 월등. 조선시대엔 한양시전, 평양시장과 함께 3대 시장으로 유명세. 서울 남대문시장이나 광장시장이 구한말 또는 일제강점기에 생긴 걸 감안하면 꽤 오랜 역사. 주로 섬유와 직물을 취급했지만 유명세에 힘입어 먹거리 가게가 우후죽순 신설. '납작만두'가 대표 메뉴. 대구 중심가에 위치하고 있어 교통도 편리한 편. 대구 여행 시 필수 방문코스로 추천.

하중도

하중도는 물 하(河) + 가운데 중(中) + 섬 도(島). 바다가 아닌 강 한복판에 있는 섬. 유속이 느려진 하류에 모래와 퇴적물이 쌓여 만들어진 땅. 주로 큰 강의 하류에 생성. 세계에서 가장 큰 하중도는 브라질 아마존강의 '마라조섬'으로 면적이 남한의 5분의 2 정도. 우리나라도 큰 강이 있는지라 하중도가 여럿.

한강의 하중도로는 여의도를 비롯해 밤섬, 노들섬, 선유도, 난지도가 존재. 원래 잠실도 '잠실도'라는 하중도였는데, 1970년대 후반 매립되어 지금의 모습으로 변신. 매립하고 일부 남겨 놓은 게 석촌호수. 석촌호수 근방과 잠실역 주변이 강이었다고 생각하면 이해가 수월.

한강의 하중도에 대해 찾아보면, 뽕나무밭이 푸른 바다로 변한다는 '상전벽해(桑田碧海)'란 고사가 연상. 그만큼 변화가 크다는 의미. 먼저 난지도가 대표적 사례. 난지도라는 이름은 난초가 많이 자란다고 하여 유래한 건데, 신혼여행지로 불릴 만큼 아름다웠던 섬. 하지만 1978년 서울의 쓰레기 매립장으로 지정되어, 15년간 산업 폐기물, 생활 쓰레기 등 급속 산업화 과정에서 나오는 쓰레기를 처리하는 곳으로 활용. 현재는 공원화 사업을 통해 '월드컵공원'으로 환골탈태. 신선이 노니는 섬이란 뜻의 선유도는 이전에 정수처리장이었는데, 현재는 도시공원으로 재탄생. 노들섬은 백로 노(鷺), 징검돌 량(梁)이란 '노돌'에서 유래해 지금은 '노들'이라는 이름. 우리에겐 한자어인 '노량'이 더 익숙한 이름. 노량진 수산시장의 노량이 바로 이 노량. 과거 서울시에서 노들섬에 '오페라하우스' 건립을 계획했으나 무산되고, 지금은 라이브 콘서트장으로 활용.

이 밖에 유일하게 일반인 출입을 금지하고 있는 곳이 밤섬. 밤 모양처럼 생겼다고 해서 유래한 건데, 밤 율(栗)을 써 '율도'라고 불렸다는 과거. 일반인의 출입을 금지하는 이유는 철새 도래지로 생태적 보호 가치가 높기 때문. 하지만 열에 다섯 이상은 밤섬을 공개해야 한다고 답한 조사 결과가 있듯, 공개 여론도 상당. 여행업계는 한강 하중도를 테마로 한 패키지 여행상품을 만들어볼 가치 충분. 한강이란 위치상 육상 이동보단 요트로 접근하는 게 낭만적인데다, 이동 시간도 크게 줄일 수 있을 것으로 생각.

치악산과 배부른산

원주 출신 지인과 식사 중에 치악산이 화제가 된 적. 치악산 하면 원주, 원주하면 치악산이기 때문. 또 치악산은 우리나라 5대 악산(岳山) 중 한 곳. 치악산 등반 경험을 묻는다면 '못' 간 게 아니라 '안' 간 거라 우기고 싶은 심정. 당시 폭설로 인한 입산 통제였다는 핑계가 여전히 유효. 이름의 유래는 그 유명한 '은혜 갚은 꿩' 전설. 구렁이 위협에서 나그네를 구하기 위해 머리로 상원사 종을 들이받고 죽은 꿩의 슬픈 사연. 꿩 치(雉) 자를 써서 치악산으로 개명된 유래.

"원주에 배부른산이 (있다/없다)." 원주에 사는 지인에게 던진 퀴즈에 돌아온 건 금시초문이라는 대답. 하지만 배부른산의 존재는 엄연한 사실. 원주시 무실동과 흥업면 경계에 위치한 해발 419m의 산. 이름의 유래가 압권. 산세가 마치 만삭인 임산부의 불룩한 배를 닮았다고 하여 붙여진 명칭. '치악산'처럼 점잖은 한자어 이름들 사이에서 '배부른산'이라는 순우리말 작명 센스가 독보적. 우리나라 산은 치악산처럼 3음절의 한자어를 쓰는 게 일반적인데, 배부른산만큼은 예외인 모양.

사람 형상을 딴 산 이름은 서울에도 존재. 강남구 일원동의 뒷산 '대모산(大母山)'. 큰 대(大) + 어미 모(母). 산의 모양이 늙은 할미를 닮았다 하여 예전엔 '할미산'으로 불렸던 모양. 허나 도대체 어느 구석이 할머니 모습인지는 여전히 미스터리.

울산바위

설악산 울산바위는 울산 지역과 관련이 '있다/없다' 퀴즈! 설악산 울산바위는 울산에서 온 바위라는 전설에서 명칭 유래. 즉 '있다'가 정답! 전설에 따르면, 금강산 산신령이 금강산에 1만 2천봉을 만들기 위해 전국에 있는 바위들에게 소집령 발동. 하지만 울산의 바위들은 금강산에 이르지 못하고 설악산에 주저앉았기 때문에 울산바위가 됐다는 게 전설의 요지. 일각에서는 울타리 같은 생김새 때문에 '울타리＋산'이라 울산바위가 됐다는 설 제기. 또 바위를 통과하는 바람소리가 마치 '우는 소리'처럼 들려 '울＋산 → 울산바위'라고 주장. 울산바위는 흔들바위만큼 설악산의 명소 중 명소. 6개의 큰 봉우리를 비롯해 30여 개의 크고 작은 바위들로 구성. 무엇보다 둘레가 4km에 육박하는지라 장관을 이룬다는 게 다녀왔던 동료들의 공통된 의견. 울산바위 높이는 900m 정도. 직접 올라가려면 약 8.5km 거리로, 약 3시간 30분 정도 소요. 간접체험도 가능. 강원 고성에 있는 '소노펠리체 델피노' 안에 있는 카페 '더 엠브로시아'는 울산바위를 정면으로 바라보고 있어, 보는 것만으로도 기를 충분히 받을 수 있다고 이전에 방문했던 동료들이 귀띔. 또 고성군에서 울산바위 케이블카 설치 사업도 추진되고 있어 앞으론 누구나 울산바위에 오를 수 있는 시기가 올 거라 짐작.

서울 이름

서울은 대한민국 수도. 허나 헌법에 '대한민국의 수도는 서울이다'라는 명문 조항 부재. 서울 어원은 신라의 수도 '서라벌'에서 유래했다는 게 정설. 공식 명칭 사용은 해방 이후부터. 현 서울 지역의 첫 명칭은 '한양'. 신라 경덕왕 때부터 고려 시대까지 이어진 이름. '한강 한(漢) + 볕 양(陽)'의 조합. 흔히 '볕이 잘 든다'는 뜻으로 오해하기 십상이나, 풍수지리상 '양'은 산의 남쪽이자 '강의 북쪽'을 의미. 즉 한양은 '한강 북쪽 땅'이란 뜻. 당시 강남 지역은 서울이 아닌 '경기도' 땅이었다는 의미. 강북 주민들이 '우리가 원조 서울'이라며 어깨를 으쓱할 만한 역사적 사실.

조선 건국 후엔 '한성'이란 이름 사용. 한양에 성곽을 쌓은 도시란 의미. 관할 구역은 4대문 안과 성 밖 10리(약 4km). 일제강점기엔 서울 경(京) 자를 쓴 '경성'이란 이름 사용. 변경되었던 이름을 순서대로 정리하면, 한양 → 한성 → 경성 → 서울.

서울시 도로

서울시에 있는 도로나 길의 이름이 무려 1만 4천여 개가량. 도로 이름은 대개 지역이나 사람, 그리고 동·서·남·북의 방향 등에서 착안. 사람 이름을 딴 도로는 을지로(을지문덕), 충무로(충무공), 퇴계로(이황), 율곡로(이이), 원효로(원효대사) 등이 대표적 사례. 모두 서울 한복판에 있는 게 특징.

또 서울시청과 남대문을 관통하는 도로가 태평로인데, 남쪽 태평로는 조선시대 중국사신을 접대했던 '태평관'이 위치했던 곳. 방향에서 유래한 건 동부·서부·북부 간선도로와 내부·남부 순환도로가 대표적. 이중 남부 순환도로는 송파구에서 시작, 강남구, 서초구, 관악구, 금천구, 구로구, 양천구, 강서구까지 길게 관통. 서울 한강 이남을 동에서 서까지 쭉 잇는 셈. 한강 이남지역 중 동작구와 영등포구만 빠진 셈.

이외 테헤란로 유래가 특이. 강남역에서 삼성역까지 이어지는 테헤란로는 이란의 도움에 감사함을 표시하기 위해 만들어진 도로. 1970년대 초 석유 위기 때 이란이 우리에게 석유를 원조한 데서 비롯. 테헤란은 이란의 수도. 반대로 테헤란에 가보면 '서울로'가 있다고 하는데, 양쪽 도시가 합의해서 만든 모양. 별것 아니지만 도로명을 알고 있으면 뇌가 섹시한 사람으로 각인. '거기'로 말고 '도로명'으로 지칭한다면 유식해보이는 게 우리네 사고.

육조거리

육조를 알아야 육조거리도 이해 가능. '이, 호, 예, 병, 형, 공'이 육조. 조선시대 여섯 개 관청. 국사시간에 외웠던 기억. '태정태세문단세'만큼. 육조가 있었던 곳이 육조거리. 삼봉 정도전이 조성했다는 게 역사학계의 설명. 광화문부터 동아일보 사옥까지가 경계. 광화문을 정면으로 바라봤을 때 오른 편엔 이조와 호조, 왼편엔 예조, 병조, 형조, 공조가 위치.

　이뿐 아니라 의정부, 삼군부, 한성부 등 여러 관청이 육조와 함께 입지. 이들 관청은 건축학적 관점에서 궁궐 밖에 있어 '궐외각사'라 통칭. 궁궐 안에 있는 걸 '궐내각사'라 하는데, 왕명을 받드는 승정원이 대표적.

　이조와 호조 자리에는 현재 대한민국역사박물관과 주한미국대사관이 위치. 정부서울청사에서 세종문화회관이 위치한 곳에 예조, 병조, 형조, 공조가 있었을 것으로 짐작. 예나 지금이나 광화문은 정치와 행정의 중심.

　이런 가운데 일각에선 세종이 행정 중심이라고 주장. 그러나 서울청사가 있을 뿐 아니라 국무회의가 세종보다는 서울청사에서 개최하는 경우가 많다 보니 아직은 이른 감 있는 주장. 또 육조거리 주변에 국내 굴지의 기업들도 위치. 신·구 조화가 잘 이루어진 덕분에, 매일 다녀도 질리지 않는 특징.

피맛골

피맛골은 '피마길'과 혼용. 피할 피(避), 말 마(馬). 말을 피하는 길이란 뜻. 조선시대 한양의 주요 도로인 종로 뒷골목 정도.

서민들은 말을 탄 양반들이 지나가면 동작을 멈추고 몸을 굽히는 게 관례. 사극에선 익숙한 장면. 이러한 서민들의 불편을 덜고자 피마길이 생겼다는 게 역사학계의 설명. 일각에선 삼봉 정도전의 애민사상이 깃든 아이디어였다고 주장.

원래 종로1가~6가까지 형성되어 있다지만, 해를 거듭하면서 개발이 돼 지금은 종로1가 뒷골목 정도만 해당. 지금의 르메이에르 빌딩 터라 생각하면 쉽게 이해. 광화문역과 종각역 사이. 피맛골 재개발로 인해 예전의 모습은 일부만 남아 있단 전언. 고층 빌딩 사이 알 박기 형태의 자그마한 건물이 그 흔적.

예부터 피맛골은 서민들이 이용했던 길인지라 서민음식 노포들이 즐비했다는 건 익히 알려진 사실. 해장국, 빈대떡, 족발, 순두부 등등. 재개발로 많은 노포들이 사라졌다지만, 일부는 르메이에르 빌딩이나 주변 건물에서 아직도 영업. 근처 직장인들은 이곳에 엄지척 연발. 르메이에르에서 영업 중인 '미진(메밀)', '감촌(순두부)', '장원족발', '원조서린낙지' 등이 대표적. 또 '피마골＝청진옥'이란 등식이 생겨날 만큼, '청진옥'은 피맛골 대표 노포. 해장국집임에도 사시사철 긴 대기줄이 인상적. 한정식집으론 '송학'과 '은성한정식'이 명맥을 유지하는 정도. 두 곳 모두 간장게장과 보리굴비가 시그니처.

종묘

유교 국가는 예(禮)를 중요시. 그것도 무척. '예'를 통해 '인(仁)'을 실현하는 게 유교라고 들었던 기억. 인에 대해서는 의견이 분분하지만, 인간을 인간답게 하는 본질이라고 생각. 그래도 아리송.

유교 관혼상제 4가지 의례 중 제사가 으뜸이라고 일각에서는 주장. 또 종묘가 조선 제사의 상징적 건물이란 주장에 이의를 다는 이는 없을 것으로 추측. 종묘는 왕과 왕비의 신주를 모시고 제사를 행하던 사당. 실제 왕은 아니었으나 죽고 나서 왕의 칭호를 받은 왕(추존왕)과 왕비의 신주도 함께 보관. 행정구역상 서울 종로구 훈정동에 위치. 지하철 종로3가역과 근거리. 세계문화유산으로도 등재. 종묘는 외형이 전형적인 '검이불루'. 검소하지만 누추하지 않은 유교 건축의 전형. 절제미가 느껴져 오래전부터 종종 방문. '정전'과 '영녕전' 두 곳에서 신주를 보관. 정전 19실, 영녕전 16실이니 총 35실로 구성. 1실에 한 명의 왕과 왕비 신주 보관. 조선 총 27명의 왕 중 연산군과 광해군을 제외하면 실제 왕이 25실. 이외 나머지 실은 전주 이씨 왕의 가문 조상과 추존왕. 추존왕으론 장조로 추존된 사도세자가 대표적.

정전엔 재위기간이 긴 왕들, 영녕전엔 재위기간이 짧은 왕과 추존왕들의 신주가 자리. 정종, 단종, 예종, 인종, 경종 등이 재위기간이 짧은 왕들. 이 밖엔 종묘엔 공을 세운 공신들

의 신주를 모신 '공신당'과 고려 공민왕의 덕을 기리는 '공민
왕 신당'이 있는 게 특징. 종로는 전통과 현대의 특징을 모두
접할 수 있는 공간. 교육 장소 외 주변 먹을거리도 다양. 광장
시장 육회, 우래옥, 대련집, 오장동 함흥냉면 등등.

역참

강남구 역삼동, 은평구 역촌동, 용인시 역북동. 모두 역참(驛站)에서 유래. 역참이 있었던 마을이란 의미. 정거장 역(驛), 정거장 참(站). 즉 역참은 정거장이라는 뜻. 근대 이전의 교통과 통신 시설. 말과 사람을 쉬게 하고, 지친 말을 다른 말로 빌려주는 역할. 마구간, 여관, 그리고 렌터카를 빌려주는 센터 역할을 했던 셈. 전신과 철도가 보급되면서 기능 상실. 철도역이 그 흔적.

우리나라에선 '역'을 쓰지만, 중화권에선 '참'을 쓰는 특징. 북경역은 없고 북경참이 있단 뜻. 북경 여행 시 참고할 만한 사항. 신흥 명문고로 자리 잡은 분당의 낙생고의 '낙생'도 역참에서 유래. 이곳에 낙생역이 있었기 때문. 용산구 청파동도 마찬가지. 청파역이 있던 자리.

이외에도 역참과 관련된 게 여럿. 대표적인 게 '역마살'. 역이 말을 갈아타는 시설이기 때문에 역에서 쓰이는 말들은 한군데에 정착하지 못하고, 여러 역을 떠돌아다니는 신세. 여기서 역마살이 파생. 한참 동안의 '한참'도 역참과 관련. 역참과 역참 사이의 거리가 한참. 고려시대 한참은 100리(약 40km). 조선의 한참은 30리(약 12km).

말[馬] 관련 동네

우리에게 '양재동'은 양재역과 양재IC, 그리고 양재 코스트코 등으로 익숙. 양재는 어질 양(良)과 재주 재(才)를 사용해, '어질고 재주가 많다'는 뜻. 어질고 재주가 많다는 정도가 어느 정도인지는 불명확. 주관적 척도이기 때문. 검색에 따르면 조선시대 양재동엔 역(驛)이 있었다고 하는데, 그게 바로 '양재역'의 유래란 설명. 또 역을 역참이라고도 하는데, 여행자들에게 말을 빌려주거나 숙식을 제공해주던 곳. 지금으로 치면 '터미널(마굿간)'과 '호텔' 등을 합한 정도의 기능.

이런 까닭에 양재는 예전부터 말[馬]과 밀접하게 관련된 동네. 말죽거리가 대표적. '말죽거리'란 말[馬] + 죽 + 거리의 조합인데, 말에게 죽을 먹이는 집들이 많다는 뜻에서 유래했다는 설. 이에 반해 일각에선 조선 '인조'가 '이괄의 난'을 피해 말을 타고 내려오다가 이곳에서 죽을 먹었단 데서 유래했다고 주장. 인조는 병자호란 당시 남한산성으로 피난을 갔으니, 재위기간 내내 피난만 다녔단 해석도 가능한 셈. 역사란 가정이 없다지만, 당시 인조가 화친을 주장하던 이조판서 최명길의 주장에 힘을 실어줬다면 '삼전도 굴욕'과 같은 불명예 따윈 피할 수 있었을 법.

어찌되었든 두 주장 모두 말과 관련. 지금이야 말을 이용하지 않지만, 양재역과 양재IC가 이곳 근처에 있는 걸 보면 예나 지금이나 교통 요충지임은 확실하단 결론. 이런 탓에 양재

역 부근엔 서울에서 지역을 오가는 통근버스로 늘상 북적. 말
죽거리의 위치는 지금의 양재파출소 부근. 양재동 인근의 역
삼동도 역과 관련된 지명인데, 역 3개를 합쳐 만들었다는 데
서 붙여진 이름. 공교롭게 지하철 2호선의 3개역인 선릉역,
역삼역, 강남역 모두 역삼동에 포함. 양재동이 어질고 재주
많은 사람들의 고장인지라 이곳 출신을 검색해봤지만 찾는
데 실패. 다만 양재동 인근 염곡동도 넓게 봐서 양재동으로
분류할 경우 이곳에 현대차그룹이 있는 걸 보면, 정주영 회장
일가를 지칭할 수 있지 않나 현대적으로 재해석.

와우아파트

여느 때와 마찬가지로 종이신문 읽기로 아침을 시작. 아직도 종이신문을 보는 사람이 있냐고 핀잔을 들은 것도 여러 번. 하지만 종이신문을 봐야 무언가 머릿속에 들어온 느낌. 그 느낌 때문에 종이신문을 수십 년간 구독 중. 앞으로도 바뀌지 않을 습관이라고 확신. 또 하나 종이신문을 봐야 종이신문이 유지되는 건 당연한 이치.

어느 날 신문지면 끄트머리에서 '와우아파트 붕괴사고' 소식을 발견. 뜬금없다 생각. 갑자기 왜? 자세히 들여다보니 과거의 오늘, 와우아파트 붕괴사고 발생. 1970년 4월 8일 새벽 6시 20분에 아파트 한 동이 붕괴. 이로 인해 34명이 사망하고 40명이 다쳤다는 내용이 기사의 요지.

또 기사엔 아파트 붕괴 원인으로 '저비용'과 '속도전'을 지적. 15개 동 아파트를 6개월 만에 완공했다는 기사 문장에 '와우'란 감탄사가 절로. 이래서 와우아파트인가 짐작했지만 와우산 인근에 있어 와우아파트가 되었다는 사실 확인. 와우산은 서울 마포구 창전동에 위치. 홍대 부근. 누울 와(臥)와 소 우(牛)를 써 소가 누워 있는 모양 때문에 붙여진 이름. 해발 80m가량의 높이. 국토부 기준이 100m 이상을 산이라고 하니, 이 기준에 따르면 와우산은 산이 아닌 언덕.

건축물 붕괴사고는 잊을 만하면 발생. 성수대교와 삼풍백화점 붕괴가 대표적. 근래엔 광주광역시 신축 아파트가 무너진 사고 역시 큰 충격.

안전관리는 지나칠 정도로 해야 한다는 말을 주야장천 들었던 기억. '하인리히 법칙'도 마찬가지. 중대재해처벌법을 제정한 지도 이미 오래전. 하지만 대형 참사가 여전히 발생하는 것을 보면 현실은 다른 모양. 안전보단 비용과 시간을 앞세운단 의미.

애오개와 아현동

'애오개'는 충정로에서 마포로 넘어가는 고개. 지하철역으로 치면 5호선 애오개역과 2호선 아현역 근방. '애오개' 지명에 대해선 아이처럼 작은 고개라 해서 '아이고개 → 애고개 → 애오개'로 변천됐단 설. 작은 고개라는 건 상대적 개념. 인근 만리재 고개보단 작단 뜻. 또 일각에선 조선시대 아이 시체를 이 고개를 넘어 묻게 한 데서 유래했단 설도 주장. 실제 이곳이 재개발될 때 아이무덤(아총, 兒塚)이 여럿 발견됐단 후문.

이처럼 애오개가 아이고개가 됐든, 아이 시체가 넘어가는 고개가 됐든 간에 한자로 풀어보면, 아이 '아(兒)'와 고개 '현(峴)'을 사용. 그렇다면 애오개와 아현은 같은 지명인 셈. 애오개의 한자표기가 '아현'. 하지만 훗날 부정적 이미지를 없애기 위해 아이 '아(兒)'를 언덕 '아(阿)'로 고쳤단 뒷말도 무성. 우연인지, 아님 부정적 이미지를 없애려는 개명의 의도가 먹힌 건지 지금 애오개 인근 아파트 가격은 천정부지. 마용성(마포·용산·성동)의 근원지라 해도 틀린 말이 아니란 생각.

애오개와 마찬가지로 잠실도 지역명 변경 효과를 톡톡히 보고 있는 셈. 십여 년 전 과거 '신천역'을 '잠실새내역'으로, '성내역'을 '잠실나루역'으로 변경. 두 곳 모두 부동산에 영향을 미치려는 의도가 엿보이지만 '성내역'은 성내동과 혼동된다는 민원을 반영했단 후문. 실제 과거 성내역과 성내동의 거리는 도보로 이동하기 불가능할 정도. 성내역의 성내는 이곳

주변에 성내천이 있기 때문에 지어진 이름. 성내천은 홍수가
날 때마다 범람한 것으로 유명한데, 현재는 둑을 높이 쌓아
역사 속으로 자취를 감춘 지 오래전.

서울시 중구

'중구'의 의미는 가운데 중(中) + 경계 구(區). 지리적 위치뿐 아니라, 도시의 기능적 중심부를 의미하는 특성.

중구는 가장 흔한 지역 이름

중심이라는 의미 때문인지, '중구'는 우리나라 행정구역에서 흔히 발견되는 지명. 서울을 비롯해 인천, 대전, 대구, 울산, 부산 등 주요 6대 광역시의 행정구역 중 하나. 대도시들 중 광주만이 '중구'를 두지 않은 셈인데, 그 이유는 이 글의 범위를 넘어서는 관심 밖의 영역. 광주에 중구가 없다는 건 중심 기능의 부재가 아닌, 오히려 더 적합한 고유 지명이 존재했기 때문으로 짐작. 이번 글은 '서울 중구'라는 특정 지역에 집중하려는 목적.

정치의 중심지역이 진짜 중심부

앞서 언급했듯이 중구는 도시의 기능이 집중된 심장부. 그 기능은 보통 정치, 사회, 문화적 기능들의 집약체. 다만 이 중에서도 정치 기능이 가장 핵심. 따라서 서울의 경우, 당시 경복궁이 있는 지역이 '중구'가 되는 것이 순리. 하지만 서울은 이러한 순리에서 벗어난 예외. 경복궁은 중구가 아닌 종로구에 자리 잡고 있는 현실. 이런 경우엔 다른 역사적 배경이 있기 마련.

일제강점기 정치 중심지는 중구

일제강점기 실질적인 중심지는 현재의 '중구'. 그 이유는 이 지역에 일본인들의 대규모 거주지가 형성됐기 때문. 특히 지금의 명동과 충무로, 그리고 을지로 일대. 당시 사람들은 조선인들이 많이 살았던 종로구 '북촌(北村)'에 대비해 이 지역을 '남촌(南村)'으로 명명. 쉽게 얘기하면, 조선시대 중심은 현재의 '종로구', 일제강점기에는 '중구'였단 결론. 그럼에도 서울 중구는 지금도 여전히 도시의 중심이라고 평가해도 비판받지 않을 정도. 도시 기능이 여의도나 강남 등으로 일부 분산되었지만, 여전히 번화가로 손색이 없기 때문. 서울시청을 비롯해 롯데, 신세계 백화점과 조선호텔, 프라자호텔 그리고 삼성, SK 등 대기업 본사들이 현재까지도 견고하게 자리하고 있는 핵심 지역.

을지로에 얽힌 이름

한편, 을지로 일대를 걷다 보면 '구리개'나 '진고개', 그리고 '황금정'이란 간판이 간혹 포착. 주의 깊게 보지 않으면 쉽게 지나칠 정도의 미미한 존재감. 구리개, 진고개, 황금정은 모두 중구 중심인 '을지로'를 의미. 을지로1가와 2가 사이에 '구리개'나 '진고개'라 불리는 진흙으로 된 언덕이 있었는데, 구릿빛이 난다 하여 '구리개'라는 설. '구리(빛) + (고)개'. 또, 땅이 질퍽하여 '진고개'로 당시 조선인들이 호명. 이후 일제감점기에는 이곳이 워낙 번화했기에 황금의 땅을 일컫는 '황금정(黃金町)'이라고 명칭 변경. 여기서 '정(町)'은 일본에서 많이 사용하는 지명으로 '밭두둑'을 뜻하는 단어. 또한 해방된 이후에는 이곳에서 상업 활동을 하던 화교들을 경계하는 목적으로, 수나라를 격퇴한 '을지문덕' 장군의 이름을 따 '을지로'라고 명명. 당시 중국인들은 수나라를 격퇴한 을지문덕 장군에 대한 컴플렉스가 컸다는 후문. 반면, '종로'는 종(鐘)이 있는 길(路)이란 뜻. 지금도 종은 종로 '보신각'에 위치. 또, '충무로'는 충무공 이순신을 기리는 명칭. '퇴계로'는 퇴계 이황에서 따온 지명. 이러한 역사적 인물이나 의미를 담은 지명들의 존재.

진고개

"진고개에 가서 눈깔사탕 사야겠소." 2018년 TVN 드라마 〈미스터 션샤인〉 주인공 애신(김태리)의 대사. 진고개는 지금의 명동역과 충무로2가 일대. 지금도 이 일대를 둘러보면 진고개 간판이 드문드문.

　불고기와 양념게장으로 유명한 한식당 '진고개'가 대표적. 구한말~일제강점기에 이곳은 남산 줄기의 나지막한 언덕이었다는 전언. 흙이 워낙 질어서 '진고개'로 호명. 한자로 진흙 니(泥), 고개 현(峴)을 써 '이현'이라고 불렸다는 설.

　또, 일제시대 일제가 명동과 충무로 일대를 개발하면서 평지로 개발하면서 진고개란 이름이 소멸. 지금 명동에 가면 외국인으로 인산인해. 예전 명동의 명성을 되찾았단 느낌. 진고개를 연상하면서 이곳을 방문할 만.

정동길

5월은 계절의 여왕. 춥지도 덥지도 않은 딱 여행하기 좋은 계절. 다들 여행하면 먼 곳을 추천하지만 가까운 곳에도 여행할 곳이 즐비. 그중 하나가 바로 '정동길'. 2호선 시청역 부근. 서울에서 가장 운치 있는 곳이라 생각. 또 과거와 현재가 공존하는 곳. 게다가 한국미와 서양미가 균형감 있게 조화. 정동은 대한제국 시절(1896~1910) 정치 중심지. 고종이 거처한 덕수궁(경운궁)과 통상수교를 맺은 여러 국가의 공사관이 자리 잡고 있었기 때문.

당시 외국인들이 주로 살던 곳이라 교회와 학당(학교)도 여럿. 정동제일교회와 새문안교회가 대표적. 이 두 곳은 현재까지도 주말이면 신도들로 북적거린단 전언. 근대적 학교인 배재학당과 이화학당도 정동에 자리. 두 곳 모두 현재는 박물관 등으로 활용하고 있지만, 이화학당은 이화여고로 명맥 유지.

그리고 '대사관 거리'로 불릴 만큼 대사관도 여럿. 러시아, 영국, 캐나다 등등. 주한미국대사관저도 위치. 우리나라 최초 호텔인 '손탁 호텔'도 현재의 이화여고 자리에 있었던 과거.

외국인이 많이 드나들었던 만큼 커피로도 유명. 지금은 '전광수 커피'가 근처 직장인들 사이 입소문. 당시 외국인들과 사교모임도 많았다고 하는데, '정동구락부'가 대표적. 아쉽게도 이완용이 정동구락부의 한 멤버. 정동은 태조 이성계 둘째부인 신덕왕후의 무덤인 정릉이 있긴 데서 유래. 하지만 신덕왕

후와 라이벌이었던 태종 이방원이 신덕왕후의 묘를 현재의 성북구 정릉동으로 이장했단 얘기는 유명. 주말에 여행 겸, 산책 겸, 커피 마실 겸 한번 둘러보길 추천. 주변에 맛집도 즐비. 파스타로 유명한 '어반가든'과 오징어볶음의 대명사 '덕수정'이 대표적 맛집.

전농동

근대화 이전엔 대부분 나라가 농경 국가. 농업을 중심으로 사회시스템이 결정되는 건 당연지사. 서울 주변을 보면, 농업과 관련된 게 여럿. 전농동이 그중 하나. 전농동은 동대문구 법정동. 밭 전(田), 농사지을 농(農)으로 생각해 농사와 관련된 지명으로 추측. 조선시대 왕이 직접 경작하는 '전농'이 있었던 것에서 유래. 반만 맞춘 셈. 밭 전(田)이 아니 법 전(典)을 사용.

조선시대 '사포서'란 관청이 있었는데, 이곳에서 왕실 채소 재배를 관할. 현재의 '농업진흥청' 정도 되지 않을까 생각. 사포서는 전농동이 아닌 종로구 수송동에 위치. 지금의 연합뉴스TV 부근. 전농동엔 청량리역과 서울시립대학이 위치. 서울시립대는 공립대학 중 유일한 종합대학. 서울시 소유.

적은 학생 수인데도, 세무사 등 전문 자격시험과 고시 합격률이 높은 수준. 특히 서울시청 고위직 중 다수가 서울시립대 출신일 정도로 전성기 시절을 구가. 게다가 학교 주변에 유흥 시설이 없어 면학 분위기도 좋은 편.

청량리

교통 거점이라 모르는 사람이 없는 동네. 강원도에서 군생활을 했던 사람들이라면 한 번쯤 방문했을 법. 청량리역에 내리면 절반가량은 개구리복(군복)이었던 기억.

청량리는 우리나라 최초 전차 노선이며, 이후 경원선, 중앙선, 경춘선, 서울지하철 1호선까지 개통. 다만 현재 경원선은 운행 중단 상태. 남북 분단의 비극. 청량리에는 홍릉이 있는데, 고종황제와 명성왕후의 묘.

청량리는 인근 사찰인 '청량사'에서 유래. 청량(淸亮)은 늘 청량한 바람이 분다고 해서 붙여진 이름. 맑을 청(淸), 서늘할 량(凉). 청량감이란 말이 여기서 나온 건지는 아리송. 또 청량리는 동대문구의 중심이라고 주변에선 언급. 하지만 동대문(흥인지문)이 동대문구에 있다 생각하는 건 큰 오산. 동대문은 종로구에 편입. 예전에 교통 중심으로만 여겨졌는데, 지금은 서울 동북부 핵심 주거지로 부상. 청량리 역사 재개발 때문으로 짐작. 청량리는 도심 재개발의 성공모델로 평가. 청량리의 옛 모습은 거의 사라졌다는 게 동네 주민들의 동일 의견.

왕십리 똥파리

왕십리는 종로와 을지로처럼 모르는 사람이 없을 정도로 유명한 지역 중 하나. 왕십리하면 '무학대사'와 '곱창', 그리고 가수 김흥국의 노래 〈59년 왕십리〉가 연상. 여기에 '왕십리 똥파리'를 빼면 왕십리 공부를 덜 한 것으로 취급. '왕십리 똥파리'는 왕십리에 똥파리가 많았단 데서 유래. 지금은 아니지만 아주 오래전 일. 부정적 의미로, 주로 동료를 놀릴 때 사용. 지금이야 거의 사라진 말이지만, 연식이 있는 분들이라면 한 번쯤 들어봤을 법.

그렇다면 왕십리에 왜 똥파리가 많았는지 궁금하기 시작. 지금이야 왕십리가 부촌이지만 1960년대까지만 해도 일대가 주로 채소밭. 채소밭과 똥파리의 관련성을 알아볼 필요. 당시엔 채소밭의 거름으로 주로 사람 똥(인분)을 사용. 즉 인분이 채소밭의 비료 역할을 한 셈. 이로 인해 왕십리에 똥파리가 꼬이는 건 당연한 이치.

좀 더 자세히 들여다보면, 당시 동대문과 뚝섬을 오가는 '기동차'라고 불리는 작은 협궤열차가 운영되고 있었는데, 기동차는 사람과 물자뿐 아니라 인분까지 실어 날랐다는 설. 기동차가 동대문 인분저장소에서 인분을 싣고 왕십리 채소밭까지 운반하는 바람에 똥파리들이 냄새를 맡고 기동차에 새까맣게 달라붙었던 게 '왕십리 똥파리'의 정확한 유래. 2025년 2월에 출간된 서울의 풍습을 다룬 책 《서울 시대》에

따르면, 당시 채소밭은 왕십리뿐만 아니라 지금의 강남지역
도 마찬가지였다고 설명하며 인분을 구하기 위해 강북까지
달구지를 끌고 다녔던 모습은 익숙한 풍경이었다고 소개.

또 책에선 인분을 채소밭 비료로 사용한 건 분명 자원 재
활용 측면에선 평가받아야 한다면서도 사람 몸속 기생충의
발원지였다고 주장. 1960~1970년대까지만 해도 우리나라
는 '기생충 왕국'이란 오명을 가지고 있었다고 지적하면서,
1970년 서울 초중고 학생의 80% 이상이 기생충으로 문제를
겪었다는 결과를 공개. 하지만 보건당국의 적극적인 노력으
로 1995년에는 1% 미만으로 떨어졌음을 강조. 감염률 감소의
원인으론 학생들을 대상으로 한 대변 검사와 구충제 보급. 기
억해보면 학창시절, 정기적으로 채변 봉투를 학교에 제출했
던 기억이 생생.

영동

영동대로, 영동대교, 영동고교, 영동시장 등 강남지역엔 유독 영동이란 이름을 많이 차용. 영동이 강남의 옛 지명이라는 점은 많이 알려진 사실. 영등포의 동쪽이란 의미. 1970년대 강남 개발 당시 마땅한 이름이 없어 부르며 생긴 일이라는 게 정설로 받아들여지는 분위기.

하지만 영등포의 기준이 어딘지가 논란거리. 영등포역이 기준이라고 알고 있는 게 다반사. 당시 영등포역이 가장 번화가였기 때문이라 생각. 그러나 영등포역과 강남과의 거리가 꽤 멀어 설득력이 떨어지는 측면. 영등포역이 기준이란 건 잘못 알려진 사실. 영등포의 기준점은 지금의 '사당동'. 당시엔 사당동이 행정구역상 영등포구 소속. 지금 사당동이 강남의 한 축인 서초구 방배동과 큰길을 사이에 두고 경계이니, 이해가 수월.

현재 사당동은 관악구 소속. 사당동은 회식장소로 유명해 누구나 한 번쯤 가봤을 법. 과거엔 곱창과 보쌈집이 많았는데, 지금은 많이 변했다는 전언. 사당이란 명칭은 과거 이곳에 큰 사당이 있었단 데서 유래했다는 설. 사당동은 경기 과천, 의왕, 안양, 수원 등 경기 남부지역의 관문이기 때문에 유동 인구가 많고 여러 노선의 광역버스가 오가는 게 눈에 띄는 특징.

마로니에

주변에 '마로니에'가 나무임을 알고 있는 사람은 열에 다섯 정도. 나무가 아닌 '공원' 또는 〈칵테일 사랑〉을 부른 '3인조 혼성그룹'을 먼저 연상. 칵테일 사랑은 1994년 당시 최고 히트곡으로 지금까지 후배 가수들에 의해 리메이크될 정도 수십 년간 인기. 가슴을 울리는 가사와 레게풍 리듬이 여태껏 사랑받는 비결. 마음이 울적할 땐 거리를 걷고, 칵테일에 취하고, 전시회도 가고, 편지를 쓰라는 게 가사의 핵심. 마음치유의 노래라 생각. 정신의학과 로고송으로 추천할 만.

　마로니에나무는 유럽의 화약고 '발칸반도'가 원산지인 낙엽식물. 잎이 커다랗고 무게감이 느껴져서 주로 가로수 등으로 사용. 실제 대학로 주변에 가보면 은행나무보다는 마로니에나무가 더 눈에 띄는 특징. 마로니에나무의 낙엽 밟는 재미에 대학로를 즐겨 찾는 이들도 주변에 상당. 또, 대학로엔 연극 극장과 함께 마로니에공원이 유명. 이 공원은 경성제국대학과 서울대학교가 있었던 부지인데, 1975년 서울대가 관악캠퍼스로 옮겨감에 따라 공원으로 조성. 옮겨간 서울대 부지에 마로니에나무 세 그루가 있었던 게 '마로니에공원'의 유래. 마로니에공원이 있는 대학로는 신촌과 함께 대학 번화가의 상징적 장소. 신촌에 연대, 이대가 있다면, 대학로엔 서울대 의과대학을 비롯해 성대, 방통대, 한성대 등 여러 대학이 즐비.

하지만 지금은 홍대나 성수(건대) 상권에 1위 자리를 내줬다는 게 주변의 공통된 시선. 실제 대학로에 가보면 예전만큼의 인파나 활기를 찾기 힘들 정도. 대학로 카페는 이제 빈자리가 보일 정도로 한산. 신촌도 마찬가지. 영원한 1등은 없다고 생각. '창업이수성난(創業易守成難)'이란 고사가 연상. 일을 벌이는 건 쉬워도 지키기가 어렵단 의미. 사람과 기업뿐 아니라 도시도 변화에 보조를 맞추지 않는다면 도태되는 건 당연.

아차산

아차＋산. 무엇이 잘못된 걸 갑자기 깨달았을 때 '아차'란 말을 사용. 이처럼 아차산이 '아차'에서 유래했다는 설도 있지만, 학자들 사이에서는 의견이 분분. 이런 주장은 조선 명종이 무고한 점쟁이 한 명을 처형하고 나서 '아차, 내가 잘못 알았구나'하고 후회한 데서 유래했다는 시각. 아차산을 한자로는 '높을 아(峨)'와 '높고 험준할 차(嵯)'를 사용. 그러나 실제 올라가보면 경사가 완만하고 낮은 산이란 느낌. 해발 300m 가량으로 남산과 엇비슷. 등산로 초입부터 정상까지 왕복 1시간가량이면 충분한 높이. 이런 장점으로 초보 등산러나 등산을 명분 삼아 음주를 하려는 가짜 등산러들에게 인기.

　아차산은 서울 광진구 광장동과 경기도 구리시에 걸쳐 있는 산으로, 고구려의 온달 장군 전사지로 유명. 이로 인해 양쪽 자치단체가 '온달' 명칭 사용을 놓고 신경전을 벌이고 있단 후문. 경기도 구리시는 풍수가 좋은지 조선시대 9개의 왕릉이 위치. 동구릉이라고 부르는데, 태조 이성계의 건원릉을 비롯해, 선조와 인조 등의 무덤이 포함.

　또 구리시엔 우리나라 최초의 동상인 '광개토대왕 동상'이 있는 것으로 유명. 아차산 등산로 주변엔 '할아버지손두부' 등 유명한 두부집이 여럿. 맛은 있지만 두부만 팔아 그런지 수저를 놓는 순간 배고픔이 밀려온다는 게 동료들의 일성. 일각선 간단히 손두부로 요기를 채우고 근처 평양냉면 맛집 '서

북면옥'으로 자리를 옮기는 걸 추천. 하지만 도보로 이동하긴
부담스러운 거리라 택시 이용을 권유하지만, 일각선 등산에
대한 모독으로 비춰질 수 있다고 손사래.

분당

1기 신도시 중 한 곳. 재건축 규제 완화 수혜지역. 많은 강남 주민들이 옮겨온 지역이란 소문. '천당 밑에 분당이 있다'란 애기가 나돌 정도로 인기 지역. 주거뿐 아니라 네이버 등 IT 기업들이 대거 입주. 다만 판교가 개발되면서 분당 인기가 다소 식었다는 게 주민들의 귀띔. 집값을 보면 사실이란 생각. 판교가 분당의 1.5배는 될 것으로 짐작.

판교 주민들은 분당, 아님 성남시로 분류되는 걸 반기지 않는단 반응. 분당은 '분점리'와 '당우동'의 첫 글자를 따 만든 지명. 1914년 일제의 행정구역 통폐합 때 만들어졌다는 게 인터넷 설명. 1960년까지 경기도 광주군 돌마면, 낙생면으로 불리는 지역의 일부였고, 성남시 승격 초반까지도 분당과 그 주변은 돌마면과 낙생면으로 '돌마와 낙생'으로 불렸다는 후문. 지금도 낙생고등학교가 있듯이 낙생 지명을 현재까지 사용.

고속도로 휴게소

명절 귀성·귀경길에 빼놓지 않고 들르는 곳. 목적은 여럿. 식사, 주유, 흡연, 용변 등등. 식당과 편의점, 화장실, 그리고 주유소 시설을 갖추고 있는 게 휴게소. 고속도로에 휴게소가 없다고 생각하면 아찔. 휴게소가 없다면 나들목을 여러 번 거쳐야 하기 때문. 우리나라 법령상 25km마다 휴게소를 설치하도록 규정. 허나 수지타산 문제 등으로 지켜지지 않고 있단 전언. 심지어 휴게소가 없는 곳도 여럿. 경인고속도로와 제2경인고속도로가 대표적. 이곳을 주행하기 위해선 사전 대비가 필요하단 의미.

경부고속도로 '추풍령 휴게소'가 우리나라 최초 휴게소. 행정구역상 경북 김천시에 위치. 경부고속도로 준공될 즈음인 1970년 7월에 개장. 또 우리나라엔 화물차를 위한 별도 휴게소가 있는 게 특징. 일반 휴게소 시설에다 샤워실과 수면실을 갖추고 있다는 설. 일반 차량도 출입이 가능하다고 하니, 수면과 샤워를 원한다면 방문해볼 법. 이런 가운데, 휴게소 직원들은 대체 어디로 출퇴근하는지 예전부터 궁금. 휴게소 뒷편 일반 도로와 연결된 길로 출입하거나 휴게소 안에 별도 마련된 숙소에서 생활. 직원 전용 도로이지만 응급차 등은 허용한단 얘기가 주변에서 회자. 한편 휴게소 음식 가격이 터무니없이 높다거나 맛이 떨어진단 민원이 지속 제기. 독점 운영권에 따른 폐해라 생각. 운영업체들의 자숙 노력이 필요할 거라 생각.

또한 우리나라에선 주류를 판매하지 않지만, 독일이나 영국 등 일부 국가에선 주류를 판매. 독일 아우토반이 대표적. 우리나라에선 법적으로 금지하는 건 아니지만 사회적 분위기상 앞으로도 판매하지 않을 것으로 짐작. 도로에서까지 술을 마실 필요는 없다 생각하기 때문.

군도

무리 군(群), 섬 도(島). 무리를 이루고 있는 섬. 여러 섬이란 의미. 전북 군산시 '고군산군도'가 대표적. '제도'도 같은 의미. 여러 제(諸)자를 사용. 다만 통상 육지와 가까운 섬을 군도, 제도는 좀 떨어져 있는 섬들을 지칭. 벌일 열(列)을 쓰는 '열도'도 있는데, 열도는 섬이 일렬로 늘어져 있는 것으로 일본의 쿠릴열도와 센카쿠열도가 일례. 우리나라도 해안선이 복잡한 반도국가로 섬 개수가 4천 2백여 개로 많은 편. 섬 크기로는 제주도 > 거제도 > 진도 > 강화도 순. 해안선이 복잡하다는 걸 유식하게 '리아시스식' 해안이라 호칭. 섬나라인 일본은 무려 1만 4천 개, 필리핀은 7천 개가량. 인도네시아는 필리핀의 2배가량 많다는 사실.

진짜 부자동네, 경남 의령군

한국에서 부자동네라 하면 강남의 압구정동과 청담동, 강북의 성북동과 평창동 등을 꼽는 이들이 여럿. 하지만 세월을 한참 거슬러 올라가보면 '경남 의령군'이 부자동네의 원조격. 경남 의령군 남강에 있는 '솥바위' 전설 때문. 솥바위는 솥 정(鼎), 바위 암(岩)의 '정암'이라고도 불리는 바위섬인데 이것으로부터 전설 하나가 구전.

솥바위에서부터 20리(약 8km) 안에 큰 부자가 나온다는 게 전설의 요지. 실제 삼성그룹 창업주 이병철 회장의 고향이 '경남 의령군', 그리고 LG그룹 창업주 구인회 회장은 '경남 진주', 효성그룹 창업주 조홍제 회장은 '경남 함안' 출신. 3곳 모두 솥바위 반경 20리 안. 이쯤 되면 전설이 아니라 사실. 지금도 솥바위에 가면 좋은 기운을 받는다 해 소망을 품은 관광객들로 인산인해를 이루고 있단 전언. 또 전국의 유명한 무당들도 기도터로 솥바위를 선택하고 있다는 게 한 언론매체의 기사. 나이가 들수록 인간의 한계를 느끼는 일이 여러 번. 이로 인해 나이 오십 넘으면 무속인, 교회, 절 등 의탁할 곳을 찾는 이가 부지기수. 이젠 솥바위도 가봐야 할 판.

상전벽해

뽕나무 상(桑), 밭 전(田), 푸를 벽(碧), 바다 해(海). 뽕나무가 바다가 된단 뜻. 의역하면 세상일이 몰라보게 달라졌단 의미. 사람뿐 아니라 도시도 변하기 마련. 잠실이 대표 사례. 어르신들 얘기에 따르면, 옛 잠실은 여의도와 같은 섬으로서 범람이 잦고 뽕나무 밭이 천지였단 전언. 상전벽해와 딱 어울리는 말이 잠실. 뽕나무 밭이 주택가로 변했으니 '상전주택'으로 재해석. 뽕나무 밭이 주택가로 변했단 의미.

또 상전벽해는 '창업이수성난'과 일맥상통. 창업은 쉬우나 오히려 지키기는 어렵단 의미. 스포츠계에선 비일비재. 영원한 1등은 없는 법. 한 해만 지나도 잊히는 선수가 부지기수. 연예계도 마찬가지. 근래 신문기사 중 두 가지에 주목. 삼양라면이 농심을 제치고 업계 선두에 올랐단 기사. 1989년 우지 파동으로 선두를 뺏기고 35년 만에 탈환한 셈. 그 배경에 대해선 '불닭볶음면'의 수출 증가 덕분이라는 한목소리. 그리고 지하철 이용객 수 선두도 뒤바꼈단 기사에도 눈길. 여태 강남역이 1위였지만, 올해는 잠실역이 역전. 하루 평균 16만 명가량이 이용한다고 추산. 강남역은 약 15만 명. 이어서 홍대입구역, 구로디지털단지역, 서울역, 신림역, 삼성역순. 현재의 자리를 지키기 위해선 부단한 노력이 필요하단 방증. 또 겸손도 필수란 걸 기사를 통해 확인.

4장

알아두면

쓸모 있는

말과 개념

댄디와 대디

'dandy'와 'daddy'. '댄디하다'는 말을 듣고 꾹 참았던 기억. '댄디'를 '대디'로 잘못 알아들었던 탓. '대디'가 아버지니까, '댄디'를 아버지 같다는 의미로 이해했기 때문. 아버지 같다는 건, 얼핏 촌스럽거나 편한 복장을 뜻하는 것으로 추론. 아저씨 패션은 대표적으로 난닝구나 추리닝, 등산복 등의 편한 옷들이 연상.

이처럼 한 끗 차이로 오해가 생길 수도 있는 상황. 댄디와 대디는 서로 관련성이 없을 뿐더러 의미가 하늘과 땅만큼이나 큰 차이가 나기 때문. 대디와 댄디는 발음과 철자가 비슷할 뿐 그 외에는 전혀 무관.

'댄디하다'는 남성 패션의 세련되고 깔끔한 스타일을 의미. 외모뿐만 아니라 내면의 품격과 자기 관리를 포함하는 개념으로, 현대 사회에서 중요한 덕목. 남성에게만 쓰는 이유가 궁금해지는 지점. 이유인즉 댄디는 18세기 영국에서 '허세부리는 멋쟁이 청년'이란 속어였는데, 점차 '멋과 격식을 중시하는 신사'를 뜻하는 말로 변했다는 설. 또, 댄디즘의 시초가 '보 브럼멜'이란 사람이라고 하는데 당시 화려했던 귀족 복식 대신 간결하고 세련된 양복 스타일을 입었던 데서 유래한다고 부연 설명. 귀족 복식이란 게 뭔지 생각해보면 영화에서 남성 옷인지, 여성 옷인지 헷갈릴 정도로 화려.

이런 가운데, 요즘 거리에 나가보면 '댄디한 대디'가 많아진 건 사실. 소득 수준의 변화 때문이라 짐작. 먹고 살기 바쁜 시절엔 ‘패션은 개나 줘라’는 말과 일맥상통. 하지만 ‘보기 좋은 사과가 먹기도 좋다’는 말이 있듯이 이젠 옷차림새를 경쟁력으로 꼽는 시대임이 분명. 편안함만 추구하다 진짜 ‘대디하다’는 말 듣기 일쑤.

평소 우리나라에선 의식주 중 주>식>의 순으로 많은 비용을 지출. 최근엔 외식물가가 고공행진에 동참한 지 오래. 하지만 백화점에 가보면 옷값은 제자리. 옷은 내구연한이 꽤 길다는 걸 감안하면, 의식주 중 옷이 가장 싸다는 건 사실. 그러니 ‘댄디한 대디’가 되는 건 돈이 아니라 마음가짐의 문제. 촌스러운 ‘대디’가 될지, 세련된 ‘댄디’가 될지는 각자의 손에 달렸단 결론.

마누라와 여보

'마누라'는 부부 간 호칭. 일각에서는 '마누라'가 상대를 낮추어 이르는 말이란 의견. 예전 가부장적 시절 드라마에서 '이놈의 마누라'라는 말을 종종 들었던 기억이 있기 때문이라 짐작.

국어사전에 따르면, 마누라는 중년이 넘는 아내를 허물없이 이르는 말. '허물없다'가 서로 매우 친해 체면을 돌보거나 조심할 필요가 없음을 뜻하는 말이니, 마누라가 꼭 속된 표현이라고 폄훼할 이유는 없다고 생각.

또 일각에서는 마누라가 '마노라'에서 유래한 말이라고 주장. 조선시대 때 '마노라'는 상전이나 임금처럼 지체가 높은 사람을 지칭. 다만 19세기 이후 민간사회로 전해져 중년의 아내를 뜻하는 의미로 변천. 언어도 시간의 흐름에 따라 변한다는 '언어의 역사성'을 재확인한 셈. 최근 많은 가정에서 모든 결정권이 남편에서 아내로 넘어오고 있는 점을 감안할 땐 마누라가 적정한 표현이라 판단.

한편 여보란 호칭은 '여기 좀 보세요'에서 유래했단 설과 같을 여(如), 보배 보(寶)를 써 '보배같은 사람'이란 설로 의견이 갈리는 모습. '여기 좀 보세요'는 '그냥 나만 보고 사세요'란 의미의 뉘앙스. 마누라든 여보든 상대가 불편해하지 않는 한 사용 여부는 각자 판단의 몫. 사생활의 문제이기 때문.

사(事 · 士 · 師)

국어사전에 따르면, 전문가란 어떤 분야를 연구하거나 그 일에 종사하여 그 분야에 상당한 지식과 경험을 가진 사람. 전문가들에겐 말미에 '사'를 붙이는 게 일반적. 검사, 변호사, 의사 등등.

우리말 표기로는 같은 '사'지만 한자 용례는 상이. 검사의 '사'는 '일 사(事)'. 판사도 마찬가지. 하지만 같은 법조계지만 변호사의 '사'는 '선비 사(士)'. 회계사, 세무사, 변리사도 '선비 사(士)'를 사용. 또 의사의 사는 '스승 사(師)'. 가르친다는 의미. 아리송한 지점. 일각에서 스승 사를 쓰는 이유에 대해 병을 고쳐주고 사람을 살리는 의사의 일이, 바르게 가르쳐서 사람이 되게 하는 스승의 일과 같다는 뜻에서 유래됐다고 주장. 지금도 의사를 두고 '선생님'이란 호칭을 사용하는 것도 같은 맥락이라 생각. 약사, 간호사도 스승 사. 사람의 병을 고쳐주고, 생명을 살린다는 건 예나 지금이나 중요. 선생님 호칭을 백 번을 써도 아깝지 않단 생각. 응급실이나 중환자실 방문을 통해 의사와 간호사들을 존경스럽게 생각한 적이 여러 번. 늘 감사하단 생각. 더욱이 우리나라 의료비는 저렴하기까지. 국민건강보험공단 자료에 따르면, 2024년 기준 의사는 16.6만 명, 치과의사는 2.8만 명, 한의사는 2.3만 명 수준.

국경일과 기념일

어린이날은 국경일? 3·1절은 기념일? 모두 틀린 답. 어린이날이 기념일, 3·1절은 국경일. 같은 듯 다른 듯 아리송. 국가가 법령으로 국경일과 기념일을 구분했기 때문에 일어나는 현상. 우선 국경일이란 중요한 역사적 사건을 국가 차원에서 기리기 위해 정한 기념일. 국가가 정한 우리나라 국경일은 '3.1절', '제헌절(7.17)', '광복절(8.15)', '개천절(10.3)', '한글날(10.9)' 등 5개. 법률로 규정되어 있어 바꿀 경우 국회 의결이 필요. 한글날을 제외하곤 모두 건국과 연관. 일부에선 현충일(6.6)을 국경일로 오해. 국경일은 국가의 경사스러운 날인 까닭에 현충일은 제외. 또 '모든 국경일은 공휴일이다'라는 착각. 제헌절은 수년 전 공휴일에서 빠졌기 때문.

이에 반해, 기념일은 특정사건이나 인물, 그리고 사회적 현상 등을 기리기 위해 정해진 날. '식목일(4.5)', '어린이날(5.5)', '스승의날(5.15)' 등이 대표적. 법률이 아닌 대통령령에서 규정. 국회 의결이 필요 없는 셈. 국경일과 기념일을 구분하는 실익이 뭔지 누군가 설명해줬음 하는 바람. 우리에겐 '쉬냐' vs '안 쉬냐'만 중요할 뿐. 일각에선 어버이날을 공휴일로 지정하자는 움직임. 가족 사랑과 소비 진작 차원으로 해석. 근로자는 공휴일 지정을 간절히 바라고 있지만, 이를 바라보는 사장님들의 시선이 꽤 불편할 것으로 짐작.

손절의 미학

매몰 비용과 콩코드 효과는 비용과 관련된 경제학 용어. 매몰 비용 때문에 계속 진행해야 한다는 말이 현장에서 자주 회자. 매몰 비용이란 파묻힌 돈. 의사결정을 통해 이미 지출했기에 회수가 불가능한 비용. 합리적 선택을 위해서는 깨끗이 잊어야 할 과거의 숫자.

매몰 비용의 쌍둥이 격인 콩코드 효과. 본전 생각에 멈추지 못하는 비합리적 집착. '그만두는 게 이득'임을 알면서도, 쏟아부은 돈과 노력이 아까워 발을 빼지 못하는 상황. 인간은 합리적 동물이라는 경제학 가설을 무너뜨린 행동경제학의 대표 사례.

유래는 영국과 프랑스가 합작 개발한 초음속 여객기 '콩코드'. 미국 보잉기보다 2배 이상 빠른 속도를 자랑하는 꿈의 비행기. 허나 치명적 단점은 소음과 살인적인 연료 소모. 적자가 뻔히 보이는 상황에도 투자한 돈(매몰 비용)이 아까워 무리하게 상업 운행 강행. 결과는 2003년 운행 중단과 함께, 남겨진 100억 달러 안팎의 큰 손실. 빠른 포기, 즉 손절의 타이밍을 놓친 대가.

일상 속 콩코드 효과 적용 사례가 여럿. 재미없는 영화 관람이 대표 사례. 계속 보자니 시간이 아깝고, 나가자니 티켓값과 초반에 본 시간이 아까운 진퇴양난. 결국 엔딩 크레딧까지 버티고 나서야 후회 막심. 시간 낭비했다는 허탈감뿐. 아

니다 싶으면 털고 일어나는 편이 낫다고 생각. 시청 중간이라
도 과감히 끄고 나오는 용기, 그것이 더 이상의 손실을 막는
유일한 길. 일상 곳곳에 숨어 있는 매몰 비용과 콩코드 효과.
본전 생각보다는 미래 가치를 따지는 냉철한 이성과 전문가
의 조언이 필요한 시점.

교도소와 구치소

근래 신문에서 교도소나 구치소 단어를 어렵지 않게 발견. 수감자가 늘고 있단 뜻. 근래 '서울구치소'에 드림팀이 꾸려졌단 우스개 소문이 소셜미디어에서 유포됐던 기억. 이곳에 유명 정치인과 연예인이 수감되어 있단 의미. 소문일 뿐 사실 여부와 검증은 각자 몫. '서울구치소'의 전신은 일제강점기에 만들어진 '서대문형무소'. 1960년대 '서울구치소'로 이름을 바꿨고 1980년대 후반 지금의 경기도 의왕시로 이전.

교도소 생활을 엮은 드라마 〈슬기로운 감빵생활〉을 재밌게 봤던 기억. 교도소의 어두운 구석을 재치 있게 묘사한 게 특징. 또 배우들의 익살스런 대사와 표정으로 시청 내내 웃음. 배우 박호산과 이규형의 연기에 엄지척. 편당 1시간 반가량의 짧지 않은 러닝타임에도, 지루하지 않았던 기억. 중간 중간 가슴 찡한 울림도 있는지라 죽기 전에 꼭 봐야 하는 드라마 리스트에 이미 올려놓은 상황.

교도소라는 무거운 주제라 그런지 자료가 충분치 않고, 통계도 뒤죽박죽. 우리나라 교정시설은 크게 교도소와 구치소로 구분. 교도소는 재판을 끝낸, 즉 형이 확정된 기결수, 구치소는 형이 확정되지 않은 미결수가 머무르는 게 원칙. 하지만 교정 시설 사정에 따라 변경 가능. 기결수지만 구치소에 머무를 수 있단 뜻. 반대의 경우도 마찬가지. 법무부 교정본부에 따르면, 우리나라는 교도소 42개, 구치소 13개 등 총 55개의 교정 시설을 보유. 특이한 건 민간이 운영하는 민영교도소가 있다는 것. 경기도 여주시에 있는 '소망교도소'가 유일. 국가의 역할을 민간이 대신하는 신자유주의 기조에 발을 맞춘 거라 판단.

또 일반교도소뿐 아니라 나이, 신분, 죄명에 따라 소년교도소, 여성교도소, 개방교도소 등으로 세분화. 청주교도소는 여성 전용 교도소. 개방교도소는 비교적 죄질이 가볍고 매우 모범적인 수형자를 수용하는 교도소로 다른 교도소에 비해 개방적이고 시설이 좋다는 평가. 다른 교도소에 비해 탈옥이 용이한 구조지만 수감자들을 믿는다는 의미로 이해.

경리단길과 유사 경리단길

'길'이란, 국어사전에 따르면 사람이나 동물 또는 자동차 따위가 지나갈 수 있게 땅 위에 낸 일정한 너비의 공간. 평소 '길'이 '길'이지 생각하고 있었기 때문에 '길'에 대한 정의를 찾아본 건 처음. 근래 경리단길이 큰 인기를 얻은 터라 경리단길을 모방한 길들이 계속해서 생기고 있는 추세. 아무런 유래나 동기 없이 만들어지는 건 좀 문제가 있단 판단. 따라서 유명한 길을 찾아 유래를 한 번 체크해볼 필요.

경리단+길

'단(團)'이란 낱말이 붙여진 것을 보면 단체란 걸 유추. 단은 모일 단(團). 특히 군대에서 사단·군단 등 '단'이란 글자를 많이 사용하는 것을 통해 부대라는 것도 추측 가능. 실제로도 부대를 의미. 경리단의 정식 명칭은 '육군중앙 경리단'. 지금은 '국군재정관리단'이란 이름으로 변경. 재정관리단은 군인들 보수나 물품 계약 등 군대의 재정을 관리하는 역할을 하는 부대. 이처럼 '경리단길'은 경리단이 있었다하여 붙여진 이름. 경리단길은 서울 용산구 이태원동에 위치.

유사 경리단길

경리단길이 히트를 친 후 여러 곳에서 유사 경리단길이 조성. 대표적인 게 '송리단길'. 송파구에 있기에 '송(파구) + (경)리단길'인 모양. 아무런 유래가 없기에 단순 모방 차원이라고 해석. 또 '망리단길'과 '황리단길'도 마찬가지. 경리단 앞에 망원동의 '망'과 경주 황남동의 '황'을 붙여 쓴 거 외에 아무런 유래나 의미가 전무. 짝퉁 경리단길인 셈.

연무장+길

경리단길처럼 '연무장'이 있었던 데서 유래한 게 연무장길이라 짐작. 실제 연무장이 있었던 곳이라는 게 검색 결과. 연무장은 조선시대 병사들을 훈련시키는 장소. 한편 연무장길 주변엔 조선시대 때 '둑신사'라는 사당이 있었다는데, 이 사당은 전쟁의 신으로 추앙받는 '치우천황'을 모신 곳. 뚝섬이란 지명도 둑신사의 '둑'에서 유래. 둑이 뚝으로 변경된 것일 뿐. 지금도 어르신들은 뚝섬을 '둑도, 또는 뚝도'라고 부르고 있다는 게 이곳 주민들의 귀띔. 인근에 뚝도시장이 있는 것을 보면 주민들 말이 맞는 모양. 연무장길은 서울 지하철 2호선 성수역과 뚝섬역 인근.

해방촌

길은 아니지만, 주변에선 '해방촌'이란 지명이 종종 회자. 해방+촌의 합성어인데, 촌은 마을 '촌(村)'. 마을인 모양. '해방'이란 단어가 붙여진 걸 보면, 일제로부터 해방된 거와 연관이 있겠단 생각. 실제 해방촌 일대는 일제시대 일본군의 사격장이 있었는데, 해방 이후 사격장을 없애고 마을을 조성했다는 뜻에서 따온 말. 해방촌은 서울 용산구 후암동 일대. 이외 서울에선 가로수길, 압구정 로데오거리, 힙지로(을지로) 등이

젊은 세대들 사이 입소문. 건대입구도 마찬가지. 이곳은 모두
경리단길을 모방하지 않은 것을 보니, 경리단길 이전에 이미
유행했음을 짐작.

젊은 세대들 사이 입소문. 건대입구도 마찬가지. 이곳은 모두
경리단길을 모방하지 않은 것을 보니, 경리단길 이전에 이미
유행했음을 짐작.

산과 언덕, 그리고 고개

평소 해발 몇 m부터 산인지 궁금. 산이란 게 본래 지각 변동으로 솟아오른 부분이라고 하는데, 모든 솟아오른 걸 산으로 규정할 수 없는 노릇. 언덕도 있을 것이고 고개도 있을 수 있기 때문. 더욱이 우리나라는 국토의 70%가량이 산지인지라 산과 언덕, 그리고 고개를 구별할 줄 알아야 된다고 생각. 등산을 함께한 친구에게, 산이란 ○○m 이상이 기준이라고 알려줄 경우 똑똑하다는 칭찬을 들을 수 있는 찬스.

하지만 국제적으로 산에 대한 일률적 기준은 없고, 기관이나 나라마다 해발고도 등 기준이 상이. 지리학자와 지역 특성에 따라 제각각이란 뜻. 평지가 많은 지역에선 낮은 곳도 산으로 규정하고, 그렇지 않을 경우엔 산으로 취급하지 않는 곳도 부지기수. 그럼에도, 국제적으로 산은 '300m 이상' 설과 '600m 이상' 설이 통용. 우리나라 아차산이 295m이니 국제적으로는 산으로 인정받지 못한다는 결론.

하지만 우리나라에선 아차산에 산의 지위를 부여한 건 우리 기준은 국제 기준과 다르다는 걸 시사. 실제로 우리나라 국토부는 산의 기준을 100m 이상으로 규정. 이 기준으로 산림청 조사 결과, 우리나라엔 총 4,440개의 산이 존재. 그렇다면 산보다 낮은 곳을 '언덕', 또는 한자로 언덕 구(邱)와 언덕 릉(陵)을 써 '구릉(邱陵)'으로 표기. 결론적으로 현재 우리 기준으로 100m가 넘는 솟아오른 부분은 '산', 그 미만이면 '언덕’이 되는 셈.

 ‘고개’는 앞서 설명한 ‘산’과 ‘언덕’처럼 높이가 기준이 아니라 산과 산을 잇는 길이란 의미. 즉 ‘산이나 언덕을 넘어 다니도록 길이 나 있는 비탈진 곳’이라는 뜻. 대표적인 고개는 태백산맥의 진부령, 미시령, 대관령. 그리고 충북과 경북을 가르는 소백산맥의 추풍령과 조령, 그리고 죽령이 대표적 사례. 영남이란 지명이 ‘조령’의 ‘령’에서 유래. 고개의 한자는 ‘령(嶺)’을 비롯해 ‘현(峴)과 ‘치(峙)’ 정도. 이런 한자가 들어간 지명은 고개란 뜻. 서울 아현동(애오개)과 논현동(논고개)이 대표. 아현은 ‘아이 시체가 넘는 고개’에서 유래. 또, 논현동은 이곳에 논이 많은 고개인 ‘논고개’에서 따온 이름인데, 한자로 음차한 ‘논(論)’과 훈차한 ‘현(峴)’을 사용한 사례.

 우리말이 한자어와 섞여 있다 보니 더 헷갈린다 생각. 외울게 많으면 많을수록 배우고 싶지 않은 것이 인지상정. 이래서 예나 지금이나 국어와 국사, 그리고 지리를 멀리하게 되는 기제로 작용한다 생각. 그럼에도 하나하나 뜯어보고 풀이해보면 은근 재밌는 지점도 발견.

5장

품격이

살아나는

우리말 이야기

아리까리 우리말

'아리까리'는 '알쏭달쏭'의 전라도 사투리. 사투리는 비어, 속어, 은어 등과 다른 개념으로 입에 착 붙는 친근한 우리말. 이 글에서는 부동산 용어인 '건폐율'과 '용적률'을 통해 맞춤법과 상식을 동시에 잡는 일석이조의 시간.

○○율·○○률

'비율'은 '율'인데 '확률'은 '률'. 기준은 바로 '받침'. 건폐율과 같이 앞 말에 받침이 없을 경우 '율'을 사용. 비율, 실패율도 같은 맥락. 또 백분율처럼 'ㄴ' 받침에도 '율'을 붙이기로 약속. 반면, 용적률처럼 받침이 있을 땐 '률'을 적용. 법률, 능률, 참석률 등이 대표적 예시. 결국 '율'과 '률'의 차이는 앞 말에 받침이 있느냐, 없느냐와 'ㄴ' 받침이 있느냐, 없느냐가 핵심. 앞으로 받침만 유심히 보면 절대 틀리지 않을 법칙.

바라다·바래다

"네가 행복하길 바래."는 틀린 표현. '바라다'와 '바래다' 두 단어 어원의 뜻이 달라, 사용하는 데 주의를 기울일 필요. '바라다'의 명사형은 '바람'. 소망과 기원의 의미. '바래다'는 색이 변하거나 배웅하는 행위를 나타나는 단어. 명사형은 '바램'. 즉 '나의 바램'은 틀린 표현. '나의 바람'이 정답.

혼동·혼돈

부동산 용어 중 가장 헷갈리는 것 중 하나가 바로 건폐율과 용적률. 수없이 들어보기도, 외우기도 했지만 머릿속에선 또 다시 '혼동'. 여기서 '혼동'과 '혼돈'도 자주 헷갈리는 단어.

'혼동'은 개념을 구별하지 못하고 뒤섞어 착각하는 것을 의미. 즉 A를 B로 오해. '혼돈'은 마구 뒤섞여 질서가 없는 상태라는 뜻. 따라서 건폐율과 용적률이 헷갈려서 머릿속이 복잡하다는 표현을 하고 싶을 때는 '혼돈'이 아닌 '혼동'이 적확한 표현.

건폐율(建蔽率)·용적률(容積率)

건폐율과 용적률을 이해할 때, 낱말의 한자 뜻만 알면 이해가 수월. 우선 용적률은 얼굴 용(容) + 쌓을 적(積) + 비율 율(率)의 조합. 대지 면적 대비 건물을 위로 얼마나 높게 쌓을 수 있느냐의 비율(연면적). 용적률이 높을수록 층수를 높게 지을 수 있어 건물주에겐 호재.

건폐율이란 세울 건(建) + 덮을 폐(蔽) + 비율 율(率). 건물이 얼마나 땅을 덮고 있느냐의 비율(바닥면적). 건폐율이 낮다는 건 건물과 건물 사이가 넓다는 의미로, 쾌적하단 말과 같은 맥락. 건폐율이 낮다는 건 건물을 뚱뚱하지 않고 홀쭉하게 지었다는 뜻.

틀리기 쉬운 표기

십상/쉽상

"그렇게 하다가 망하기 (십상/쉽상)." 순간 멈칫하게 만드는 퀴즈. 십중팔구 틀리는 맞춤법. 정답은 '십상'. 일이 '쉽게' 일어날 것 같아 '쉽상'으로 착각하기 쉬운 함정. 십상의 어원은 사자성어 '십상팔구(十常八九)'. 우리가 아는 '십중팔구(十中八九)'와 같은 뜻. '열에 여덟이나 아홉은 그러하다', 즉 확률이 매우 높다는 의미. 여기서 뒤의 '팔구'가 탈락하고 '십상'만 남은 사례. 즉 '십상'이란 거의 예외 없이 꼭 맞고, 안 봐도 뻔하다는 의미. 앞으로 '쉽상'은 머릿속에서 삭제 요망.

염두에/염두해

"다음 사항을 (염두에/염두해) 두세요." 여기서 흔히 범하는 오류 '염두해'. 정답은 '염두에'. '염두(念頭)'는 생각 염(念) + 머리 두(頭). 즉 '마음속'을 뜻하는 명사. '염두해'를 선택하는 이유는 '생각해', '고려해' 같은 동사 활용에 익숙해져 생긴 습관적 실수. 하지만 국어사전에 '염두하다'라는 동사는 부재. 명사 뒤에는 '~에'와 같은 조사가 붙는 게 문법적 원칙. 따라서 '염두에 두다'가 올바른 용법.

띄어쓰기, 세종대왕은 안 했다

우리나라 최초 띄어쓰기를 한 사람은, 세종대왕? '아니다'가 정답. 훈민정음 서문 "나랏말싸미듕귁에달아…"만 봐도 띄어쓰기는 실종. 그럼 주시경 선생? 이 또한 오답. 최초의 고안자는 스코틀랜드 출신 선교사 존 로스로, 1877년 자신과 같은 선교사나 외국인들이 한글을 배울 수 있도록 《조선어 첫걸음》를 통해 띄어쓰기를 처음 도입. 이후 헐버트 선교사와 한글학자 주시경 등의 대중화 노력, 1933년 조선어학회 '한국맞춤법 통일안'을 거쳐 공식 정착된 게 띄어쓰기의 역사. 즉 가독성을 위해 서양(라틴어)식 글쓰기 규범을 도입한 셈.

띄어쓰기 부재는 혼란 그 자체. "나물좀줄래"처럼 띄어쓰기를 안 할 경우, "나물 좀 줄래"인지 "나 물 좀 줄래"인지 해석이 갈리는 난감한 상황 발생. 띄어쓰기 중요성을 확인한 셈. 여전히 띄어쓰기 없이 한자를 쓰는 중국인과 일본인들의 독해력이 그저 신기할 따름.

그러께와 그끄러께

"그러께 무슨 부서에 있었나?"라는 질문에 즉답이 가능하다면 주시경 선생의 후예. '그러께'는 지난해의 바로 전해. 어제의 전날인 '그저께'와 유사한 형태. 그저께의 전날을 '그끄저께'라고 표현. 이처럼 '그끄러께'는 그러께의 바로 전해를 의미. 그저께와 그끄저께는 알았지만, 그러께와 그끄러께는 이제서라도 알게 돼 다행.

올해: 2026년
지난해(작년): 2025년
그러께(재작년): 2024년
그끄러께(3년 전): 2023년

거덜

재산이나 살림 따위가 완전히 없어졌을 때 '거덜 나다'란 단어 사용. "무리한 투자로 그 집안은 거덜 났다."가 하나의 예시. 어원은 조선시대 관청 '사복시'. 궁중의 말(馬)과 가마를 관리하던 곳으로, 현재 주한미국대사관 뒤편 '이마빌딩' 터. 여기서 말을 관리하고 고관대작의 행차 때 "쉬! 물렀거라."를 외치며 길을 트던 하인이 바로 '거덜'. 지금도 근처에 가면 사복시 표지석을 확인.

거덜은 '피맛골'과도 연관. 양반의 권세를 믿고 백성들에게 온갖 행패와 발길질을 일삼던 그들. '피맛골' 역시 꼴 보기 싫은 거덜을 피하기 위해 생긴 뒷골목. 그만큼 거덜들의 횡포가 심했단 방증. '호가호위(狐假虎威)'의 전형. 양반의 권세를 믿고 일개 종 신분인 거덜이 권력을 부린 셈이기 때문. 이처럼 거덜의 횡포가 '거덜 나다'의 유래.

'소탐대실'을 경계하는 고사성어

염일방일(拈一放一)

집을 염(拈), 하나 일(一), 놓을 방(放), 하나 일(一). 하나를 얻으려면 하나를 놓아야 한단 뜻. 중국 송나라 사마광의 일화에서 유래. 물이 가득 찬 큰 독에 빠진 아이. 어른들이 사다리를 찾으며 우왕좌왕할 때, 돌을 들어 독을 깨버린 사마광의 기지. 어른들의 주저함은 항아리 값(작은 이익)에 대한 계산. 훗날 책임이 돌아올 것을 염려한 것으로 풀이. 반면 사마광의 결단은 생명(큰 가치)을 위한 포기. 항아리를 깨야 아이가 산다는 명쾌한 교훈. 욕심을 경계하는 말. 지나치면 미치지 못한 것과 같다는 '과유불급'과 비슷한 맥락이라는 느낌.

협상도 매한가지. 내가 쥔 주먹을 펴야 상대와 악수할 수 있는 법. 친구 사이 밥값 계산도 일종의 염일방일. 작은 돈 아끼려다 사람 잃지 말라는 소탐대실의 경계.

위사필궐(圍師必闕)

에워쌀 위(圍), 군대 사(師), 반드시 필(必), 대궐문 궐(闕). 군대를 에워쌀 땐 문을 열어둬야 한다는 뜻. 즉, 군대를 포위할 땐 퇴각로를 터주란 의미인 셈.《손자병법》의 한 구절로, 적을 완전히 포위해 모든 도주로를 차단하면 그들은 사즉생(死即生) 심정으로 저항할 수밖에 없으며 이는 더 큰 위험을 초래한다는 교훈. 절망적인 상황에 처한 적은 더 이상 잃을 게 없기 때문에 그들을 지나치게 몰아세우면 예상치 못한 강력한 반격을 당할 수 있단 의미. 무릎을 탁 치게 만드는 대목.

현대 사회의 처세술, '적당히 하라'는 생활의 지혜와 일맥상통. 우위에 있다고 끝까지 몰아붙이다간 역풍(부메랑) 맞기 십상. 패자에게도 숨 쉴 구멍을 남겨주는 것이 진정한 승자의 여유.

입과 손가락의 무게

구화지문(口禍之門)은 입 구(口), 재앙 화(禍), 의 지(之), 문 문(門). "입은 재앙을 부르는 문이다." 말조심하라는 선조들의 서늘한 경고. 어르신들의 잔소리가 끊이지 않는 건 그만큼 실천이 어려운 난제라는 방증. 그렇다고 꿀 먹은 벙어리로 살면 오해받기 십상. 할 말은 하되, 선을 넘지 않는 '중용'의 미덕을 갖춰야 한다는 의미.

현대에 들어선 말을 글로 대신하는 경우가 늘어나는 추세. 전화보단 문자로 의사소통을 경우가 비일비재. 요즘은 입보다 손가락이 문제. 구화지문의 '구(口)' 대신 손가락 '지(指)'를 대입해 '지화지문'이란 현대판 고사가 만들어질 판.

카카오톡 등 문자를 주고받으면서 오해하기도, 오해받기도 여러 차례. 표정과 억양이 제거된 텍스트는 오해의 온상. 상대는 진지한데 눈치 없이 날리는 'ㅋㅋㅋ'나 웃음 이모티콘. 이는 단순 실수가 아닌 무례이자 도발이 될 가능성. 이제는 말조심을 넘어 '지(指)화지문'의 마음으로 경계해야 하는 디지털 시대.

싸움 관련 고사

TV 뉴스와 신물 사설에 자주 등장하는 고사성어 3대장. '이 전투구', '자중지란', '점입가경'. 공통점은 싸움과 꼴불견을 뜻하는 부정적 의미. 세상 돌아가는 꼴이 못마땅하다는 언론의 비명. 알고 보는 것과 모르고 보는 것은 천양지차(天壤之差). 뉴스의 맥락을 꿰뚫기 위한 필수 상식.

이전투구(泥田鬪狗)

진흙 니(泥), 밭 전(田), 싸울 투(鬪), 개 구(狗). '진흙탕에서 싸우는 개'라는 뜻. 개싸움을 의미. 볼썽사납게 서로 헐뜯으면서 다투거나, 이익을 차지하려고 지저분하게 다툴 때 사용. 본래 이기기 위해 최선을 다한다는 의미였지만, 부정적으로 변질된 케이스. 처음에는 태조 이성계의 질문에 정도전이 함경도 사람의 강인함을 칭찬하며 쓴 말.

자중지란(自中之亂)

스스로 자(自), 가운데 중(中), 갈 지(之), 어지러울 란(亂). 외부의 적이 아닌, '같은 편끼리의 내분'. 이전투구가 적과의 개싸움이라면, 자중지란은 같은 편끼리 싸움. 자중지란의 사례는 주변에 수두룩. 적보다 무서운 게 내부의 적. 부부 싸움부터 정당 내분까지, 목표는 같아도 이해관계가 서로 다르기 때문.

점입가경(漸入佳境)

점점 점(漸), 들 입(入), 아름다울 가(佳), 지경 경(境). 들어갈
수록 점점 재미가 있거나 아름답다는 뜻. 반면 반대의 의미도
존재. 시간이 지날수록 하는 짓이나 몰골이 꼴불견임을 비꼬
는 말. 결국 점입가경은 칭찬과 비난의 뜻 모두 있는 셈.

6장

알아두면

몸에 좋은

잡학상식

히포크라테스의 건강 처방전

그리스 출신 '의학의 아버지'. 소크라테스 못지않은 인지도. "때로는 치료하지 않는 것이 최상의 치료다." 의사가 건네는 역설적인 명언의 주인공. 그가 건강에 있어 강조한 것은 '음식'. 음식이 약이라고까지 할 정도. 또 하나의 처방은 '걷기'. 걷기는 인간에게 최고의 보약.

논쟁의 지점은 '단식(소식)'. 그는 "몸이 아플 때 먹는 건 병을 키우는 꼴"이라며 소식을 권장. 아프면 곡기를 끊고 스스로 치유하는 야생동물의 본능과 일맥상통. 하지만 잘 먹어야 낫는다는 한국적 정서와는 대척점. 기운 없을 때 고기 한 점 먹고 힘냈던 경험들에 비추어보면 쉽사리 결론 내기 힘든 경험의 영역.

결국 핵심은 균형. 과식과 과음은 독, 몸을 혹사하는 지나친 운동도 경계 대상. 정도가 지나치면 모자람만 못하다는 '과유불급(過猶不及)'의 지혜가 필요. 머리로는 알지만 입과 몸이 따로 노는 게 현실. 하지만 한두 번이 힘들지, 반복해 습관을 만들면 수월해지는 법. 작심삼일도 열 번 반복하면 한 달이라는 긍정적 사고가 필요한 때.

심장은 두 개?

사람의 심장은 단 하나. 허나 의외로 2개로 오인하는 경우가 다반사. 좌심방·우심방, 좌심실·우심실의 4개 구조 때문이거나, 2개인 폐와 혼동한 탓. 이번 기회에 오장육부를 정리. 한의학에서 말하는 내장 기관의 총칭. 다섯 개의 '장'과 여섯 개의 '부'를 의미. '장'은 내부가 채워진 실한 장기. 간장, 심장, 비장, 폐장, 신장. '부'는 음식물이 지나가는 빈 장기. 대장, 소장, 위, 쓸개, 방광, 그리고 미지의 기관 삼초. 여기서 삼초는 실체가 없는 기능적 기관. 호흡, 소화, 배설, 생식의 기능을 통칭.

병·의원 간판의 비밀

병원과 의원을 가르는 기준은 다름 아닌 병상 수. 병상이 없거나 30개 미만이면 의원, 30개 이상이면 병원. 의료전달체계에 따른 1~3차 등급 구분도 존재. 1차 의료기관은 의원, 보건소 등으로 가벼운 질환 진료. 2차 의료기관은 100개 이상의 병상과 필수 진료과목을 갖춘 병원 및 종합병원. 상급종합병원으로 불리는 3차 의료기관은 대학병원급으로, 500개 이상의 병상과 20개 이상의 진료과목, 그리고 전문의 상주가 필수 조건.

국내 병상 수 1위는 '서울아산병원'. 무려 병상 수가 2,750여 개. '서울대학교병원'이 약 1,700여 개 보유하고 있으니, 1,000개 이상의 격차. '아산'은 현대그룹 창업주 정주영 회장의 아호. 서울뿐 아니라 강릉아산병원 등 아산병원은 여러 지역에 위치.

또 하나 병원 간판 속에 숨겨진 전문의와 일반의 구별법. 전문의는 '○○내과', '○○이비인후과'처럼 자신의 전공을 병원 이름 앞에 당당히 표기 가능. 반면에 일반의는 전공과목을 병원 이름에 못 쓰고, 뒤에 작은 글씨로 '진료과목: 내과'라고 별도 표기. 일반의가 간판에 큰 글씨로 진료과목을 사용하면 의료법을 위반하는 케이스.

약국 약과 편의점 약의 차이점

매년 반복되는 살인적 무더위의 기승. 고온다습한 기후로 인한 면역력 저하와 세균의 침투. 인간과 바이러스 전쟁이 시작된 셈. 한여름엔 건강에 더욱 주의해야 하는 시즌. 휴일이나 야간, 비상약이 동난 것을 발견하고 당황했던 경험은 누구나 한 번쯤 있을 법. 해결책은 의약품 분류에 대한 명확한 이해. 약국 밖에서도 약을 구할 수 있는 편의점 전성시대이기 때문.

의약품은 크게 4가지로 구분. 전문의약품, 일반의약품, 안전상비의약품, 의약외품. 이 중 '전문의약품'은 의사 처방과 약사 조제가 필수인 약국 전용 약. 반면 '일반의약품'은 처방전 없이 약국에서 구매 가능. '우루사 200mg'처럼 고함량 치료제는 전문의약품으로, 의사 처방이 있어야 구매 가능. '우루사 100mg' 이하 등 부작용 우려가 적은 제품들은 '일반의약품'으로 처방전 없이 구매 가능. 한편 '안전상비의약품'은 의사 처방과 약사 복용지도 없이 환자가 편의점에서 직접 구매 가능한 약. 소화제, 해열제, 진통제 등 지정된 13개 약품.

주목할 점은 같은 이름이라도 판매처(약국/편의점)에 따라 성분과 포장이 다른 특징. 예를 들어 '타이레놀 500mg'의 경우 약국용은 10알, 편의점용은 8알 동봉. 편의점용이 적은 이유는 과다 복용 방지 차원. 타이레놀 일일 최대 복용량이 4,000mg(8개×500mg)에 딱 맞춘 구성. 마시는 소화제도 마찬가지. 약국용 '까스활명수'는 일부 사람에게 부작용을 일으킬 수 있는 성분 함유. 따라서 편의점용 '까스활명수'는 해당 성분을 빼고 만든 제품. 이 밖에 마스크, 손소독제 등은 '의약외품'으로 분류돼 마트나 인터넷에서 자유롭게 구매 가능.

킬 수 있는 성분 함유. 따라서 편의점용 '까스활명수'는 해당 성분을 빼고 만든 제품. 이 밖에 마스크, 손소독제 등은 '의약외품'으로 분류돼 마트나 인터넷에서 자유롭게 구매 가능.

바람만 스쳐도 비명, 통풍

통풍은 아플 통(痛) + 바람 풍(風). 바람만 스쳐도 아픈 통증을 의미. 극심한 고통 탓에 붙은 별명 '질병의 왕'. 주변에서 심심찮게 통풍 환자들을 발견. 통풍은 관절 사이 '요산'이 쌓이면서 뾰족한 결석이 만들어져 생기는 질병. 즉 원인은 몸속의 시한폭탄인 '요산'. 안타깝게도 완치는 불가. 평생 관리해야 하는 만성 질환. 잘 먹고 운동하지 않아 생기는 질병인지라 육식을 절제하고 과음을 하지 않는 등 식이요법이 예방의 최선. 동서양 불문하고 역사 속 통풍 환자들 여럿. 알렉산드로스 대왕, 나폴레옹, 루이 14세 등 당대의 당대의 권력자들이 그 주인공. 우리나라에선 세종대왕이 대표 사례. 세종대왕은 통풍 외 당뇨병 등 여러 병을 앓은 것으로 유명. 워낙 육식 위주의 식단을 좋아하고, 운동 부족에 과도한 업무 스트레스를 받았다는 건 잘 알려진 부분.

운동

우리나라 운동 인구가 확연히 증가. 인근 공원과 한강 둔치를 점령한 러닝족과 사이클족을 보면 드는 생각. 하지만 통계가 말해주는 냉정한 현실. 2024년 지역사회건강조사 결과, 우리 국민 중 중강도 이상 운동 실천율은 고작 26%. 국민 4명 중 1명뿐인 셈. 걷기 실천율 역시 50%를 밑도는 수준. 전문가들은 운동을 일상화하라고 조언. 샤워하듯 운동하라는 주문. 의학계에서는 매일 30분 이상의 '빠르게 걷기'를 권장. 7천~8천보 정도를 추천. 그 이상 걸어도 운동 효과는 비슷하다는 분석. 즉 8천보가 시간 대비 효율, 즉 '가성비'가 가장 좋다는 결론.

하지만 운동이 건강의 척도임은 분명하나 전부가 아니라는 사실. 운동만큼 중요한 건 '식단'. 매일 새벽 5시 한강 조깅을 실천하는 동료는 건강검진 결과, 간 수치와 중성지방 수치가 상승했다고 하소연. 병원에서 금주와 식단 조절을 하지 않으면 위험할 수 있다는 경고까지 받아 한숨만 푹푹. 운동과 식단 조절 모두 중요하단 의미. 또한 무엇보다 내일부터가 아닌 오늘부터 바로 실천하는 게 중요.

하품

하품은 눈 깜빡임과 마찬가지로 지극히 자연스러운 생리 현상. 하지만 빈번한 발생은 몸이 보내는 이상 신호. 흔히 알려진 원인은 뇌의 산소 부족. 그 외에 누적된 피로와 스트레스, 저혈압이나 혈당 저하 등도 주요 유발 요인. 지루할 때 나오는 하품은 졸지 말고 집중하라는 뇌의 각성 명령. 또한 편두통이 오기 전 나타나는 전조 증상 중 하나라는 점도 체크 포인트. 하품의 특징 중 하나는 전염성. 연인이나 가족 간의 친밀도, 즉 감정 공감도가 높을수록 전염 확률이 높아진다는 설. 즉 하품을 따라 하는 행동은 일종의 공감이라는 것. 이를 역이용한 애정 테스트의 가능성. 애인이나 가족이 하품하는 데 따라 하지 않는다면, 애정이 식었다는 게 합리적 의심. 믿거나 말거나, 상대가 하품하면, 일부러라도 입을 벌리는 것이 평화로운 관계 유지의 노하우.

두한족열의 지혜

떨어진 기온 탓에 수도꼭지를 파랑이 아닌 빨강으로 돌리는 경우가 다반사. 추위에 움츠러든 몸이 따뜻한 물을 찾는 것은 본능. 겨울에 따뜻한 음식과 목욕이 자주 생각나는 이유. 목욕의 종류는 입수 깊이에 따라 구분. 전신욕, 족욕 그리고 반신욕. 반식욕의 기준은 배꼽 아래. 40℃ 안팎의 온수에 배꼽 밑까지만 담그는 방식. 땀을 많이 배출하게 되니 혈액순환과 근육통 완화 등에 효과가 있다는 건 사실.

　반신욕을 건강관리로 봐야하는지, 아님 취미로 볼 것인지 아리송. 지금이야 집집마다 샤워실이 있지만, 1980년대까지만 해도 일주일에 한 번 목욕탕 가는 건 일종의 행사이자 생존형 위생 관리. 현대의 반신욕은 '힐링형 취미'. 취미란 즐거움을 얻기 위한 행위로 정의되니, 목욕도 얼마든지 취미에 해당. 목욕을 건강에 좋은 취미로 규정해볼 법.

매의 눈

매 시력 9.0 vs 타조 시력 25.0

인간의 한계 시력은 통상 2.0. 반면 매의 평균 시력은 9.0. 하지만 매를 능가하는 최강의 눈이 존재. 타조가 그 주인공. 무려 시력이 25.0. 타조는 최대 20km(잠실~광화문 이상의 거리) 밖의 물체를 식별. 이제 관찰력 좋다는 칭찬은 '매의 눈'이 아닌 '타조의 눈'으로 바꿔 불러야 할 판.

새 발의 피, 인간의 눈

동물에 비하면 초라한 인간의 시력. 한국인 평균 시력은 0.7 안팎. 세계적으로도 좋지 않은 쪽에 속하는 편. 타조만큼은 아니어도 매 정도 시력을 가지고 있는 민족들이 여럿. 태국의 모겐족이 9.0, 케냐 마시미족이 6.0, 몽골과 티메트 유목민들이 5.0 수준이라는 건 드문드문 알려진 사실.

노안

요즘 주변 동료들과 얘깃거리 1순위가 바로 '노안(老眼)'. 늙을 노(老) + 눈 안(眼). "너도 그래?"로 시작, "나도 그런데"로 대화가 마무리된 적이 여러 번. "가까운 게 안 보여 안경을 벗고 본다."라는 하소연에, 상대는 "나도 그런 지 오래 됐다."라며 서로 위안 삼고 있는 실정.

이 같은 사연엔 동병상련(同病相憐)이란 고사가 연상. 다만

‘동병상련’이란 같은 ‘병’을 앓는 사람끼리 서로 가엾게 여긴다는 뜻인데, ‘노화’는 병이 아니므로 완벽히 설명하지 못한다 판단. 이제부턴 ‘병(病)’을 ‘노(老)’로 바꿔 ‘동노상련(同老相憐)’으로 부르기로 다짐.

한편 현장에선 노안의 기준에 대해서도 왈가왈부(曰可曰否). 일각에선 소주 뒷면 조그만 글씨를 볼 수 있는지의 여부가 노안의 기준이란 시각. 지천명(知天命)을 넘기신 분들 중 열에 아홉은 안 보일 거라고 주변인들은 장담. ‘지천명’이란 하늘의 명을 안다는 뜻으로 나이 50세를 이르는 말. 50세가 되면서 세상을 객관적이고 보편적으로 보기 시작했단 의미. ‘노안’도 천명이라 생각하고 받아들이란 의미로도 읽히는 셈.

겨울 비만

겨울만 되면 살이 찐다고 하소연. 하지만 이는 지극히 정상적인 신체 반응이자 건강하다는 방증. 이유는 '체온 유지'. 날이 추워지면 우리 몸은 체온을 36.5℃로 유지하기 위해 에너지를 풀가동. 뇌가 본능적으로 고칼로리 음식을 갈구하는 까닭. 또 하나의 원인은 '호르몬'. 줄어든 일조량이 문제. 햇볕을 쬐면 생성되는 행복 호르몬 '세로토닌'이 감소. 이로 인해 겨울철엔 살이 찔 뿐 아니라 우울증도 많이 발생. 결론적으로 겨울에 1~2kg 증가는 인체 메커니즘이 정상 작동을 알리는 청신호. 춥고 배고픈 계절을 버티기 위한 몸부림이니 수용하는 게 정신 건강에 유익. 반대로 살이 전혀 찌지 않는 경우? 메커니즘의 고장이거나, 본능을 이겨낼 만큼 독하게 관리하고 있다는 의미.

아름다운 마침표, 웰다잉

웰다잉(well-dying). 문자 그대로 '잘 죽는 것'. 초고령 사회 대한민국에서 웰다잉에 대한 관심이 높은 건 당연지사. 하지만 무엇이 잘 죽는 것인지는 여전히 물음표이자 숙제. 핵심은 '능동적 준비'. 영정사진을 미리 찍거나, 유서를 미리 작성하고, 관 속에 누워보는 임종 체험 등이 대표적 예시.

'안락사'와 '존엄사'도 넓은 의미의 웰다잉. 안락사는 고통이 심한 환자를 위해 인위적으로 생명을 마감하게 하는 것. 반면 존엄사는 회생 불가능한 단계의 환자가 무의미한 연명 치료를 중단하고, '자연스러운' 죽음을 맞이하게 하는 것. 방식은 달라도 마지막 순간까지 인간으로서의 품위를 지키려는 인본주의적 선택이라는 공통점.

한국형 웰다잉의 표상, 故 최종현 SK 회장과 故 이어령 전 장관. 두 분 모두 무의미한 연명 치료 거부. 기계 장치에 의존한 생명 연장보다, 마지막 순간까지 자신의 의지대로 삶을 영위하겠다는 의연한 태도를 엿볼 수 있는 대목. 인간에게 죽음은 선택이 아닌 숙명. 피할 수 없다면 준비하는 게 현명한 처사. 기왕 죽을 거라면 잘 죽는 게 바람직하다고 생각.

7장

세상이

다르게 보이는

생각 노트

한민족 정체성

2024년 파리 올림픽 당시, 현장에서는 우리나라 한민족 정체성을 두고 한바탕 논쟁. 우리 선수들이 메달을 휩쓴 종목의 기막힌 공통점 때문. 총(사격), 칼(펜싱), 활(양궁). 전쟁 무기 3종 세트에서의 금메달을 따는 쾌거. 이를 두고 온라인을 달군 유쾌한 반응들. "역시 전투의 민족", "무기의 나라", "괜히 태극전사가 아니다." 등등. 일각에선 고조선 때부터 이어온 외세 침략으로 단련된 한민족의 유전자 덕분이라고 해석.

돌이켜 보면 학창시절 내내 한민족은 평화를 사랑하는 민족이라고 학습한 것과 상반되는 셈. 당시에는 잦은 패배를 감추기 위한 역사학계의 구차한 변명이라 생각했던 기억. 실제 역사를 보면 한나라에 무너진 고조선, 거란에 쓰러진 발해. 원나라에 굴복한 고려와 청나라에 무릎 꿇은 조선의 굴욕. 급기야 총 한 번 제대로 못 쏘고 국권을 넘긴 일제강점기의 비극.

허나 패배의 역사 속에서도 끝내 꺾이지 않은 것은 '오기'와 '정신력'. 몽골에 대항한 삼별초와 일제에 굴복하지 않았던 독립운동 등이 대표적. 이쯤 되면 '전투의 민족'을 넘어선 '인내와 끈기의 민족'이라는 재정의가 타당. 파리 올림픽을 통해 한민족의 매운맛을 재확인. 총, 칼, 활로 금메달을 딴 후예들을 보며 자부심을 느끼기 충분.

공무원을 위한 변명

지금 서점가에선 한 퇴직 공무원이 쓴 책이 회자. 책에선 공무원은 나라를 위해 일하지 않으며, 공무원 사회는 무능과 무기력, 그리고 헛짓거리만 하고 있다고 맹렬히 비판. 구체적 예로 문제 해결보다는 보고서 쓰기에만 매달리고, 현장을 중시한답시고 형식적인 간담회만 개최한다고 언급. 책을 자세히 들여다보지 않고 언론에 나온 기사로만 책 내용을 확인한 상황. 하지만 고기는 씹어야 맛이고, 말은 해야 맛이 있는 법. 저자의 경력은 고작 10년. 보는 시각에 따라 다르겠지만, 공무원 30년을 한다고 가정하면, 3분의 1에 불과한 숫자. 최소 절반가량은 해야 조직의 내면을 들여다 볼 시각을 갖출 수 있을 것으로 판단. 이에 몇몇의 사례로 일반화시키는 건 전체 공무원에 대한 예의가 아니라고 생각.

보고서 쓰기에 몰두한다고 비판하지만, 이 특징은 단점이 아닌 장점에도 해당. 보고서는 정보 전달과 상대를 설득시키는 목적이므로 보고서를 보기 좋게, 읽기 좋게 쓰는 게 목적 달성에 효율적이기 때문. 저자의 주장은 보고서를 못 쓰는 사람들의 시각과 같은 맥락. 한편 저자는 형식적 간담회를 비판하고 나섰지만 형식적인지, 아님 실질적인 건 간담회를 개최한 이후 판단해야 할 몫. 형식적으로 시작했지만, 실질적 결과를 도출했던 기억도 여러 번. 반대로 실효성 있다고 개최했지만 알맹이 없이 끝내는 경우도 부지기수.

비판은 할 수 있다고 생각. 또 고칠 건 고쳐야 발전하는 법. 하지만 하나를 가지고 열을 판단해선 곤란. 폭넓은 시각으로 공무원 사회를 진단할 필요. 내가 조직을 떠났으니, 숙제만 주고 가는 것은 이기적인 태도. 주변에 유능하고 활기차며 헛짓거리 안 하는 공직자를 찾는 것은 어렵지 않다는 게 현장의 얘기. 지금 이 시간에도 나라 걱정에 머리를 싸맨 공무원들도 여럿. 선무당이 사람 잡듯이 어설픈 시각으로 공직사회를 비판해선 안 되는 법.

하인리히 법칙

근래 들어 크고 작은 사고가 많아 걱정. 2024년 7월에 시청역 부근에서 일어난 자동차 돌진사고는 주변 직장인들의 새로운 걱정거리. 사고 지점이 먹자골목 입구인지라 주변 직장인들이라면 한 번쯤 들러봤을 법. 지난 1990년대 중후반에도 대형사고가 많았던 것으로 기억. '삼풍백화점'과 '성수대교' 붕괴사고가 대표적. 당시 믿기 어려운 장면을 TV화면을 통해 보게 돼 어리둥절. 영화에서나 있을 법한 일이 현실에서 벌어졌기 때문.

대형사고 전에는 일정한 규칙성이 발견되는데, 300개의 징후가 나타나고 29개의 경미한 사고가 발생한다는 것. 이것이 '하인리히 법칙'. 미국 하인리히란 사람이 수많은 산업재해를 분석하고 내놓은 법칙. 1(대형사고):29(경미사고):300(징후) 법칙이라고도 통칭. 안전 관계자라면 누구든지 들어봤을 법.

삼풍백화점이나 성수대교 사고 발생 전 무수히 많은 징후가 있었다는데, 징후 발견 시 즉각 대처했다면 사고는 없었을 것이라는 의견이 많은 전문가의 분석. 하인리히 법칙과 유사한 법칙이 '1:10:100 법칙'. 일명 '주란의 법칙'. 제품이나 서비스의 품질 불량을 처음 발견한 순간 즉시 고치면 1의 비용. 그렇지만 이를 숨기거나 방치하면 10의 비용. 마지막에 고객이 불만을 제기하는 순간 100의 비용이 소요. 이와 같이 작은 결함은 가능한 조기에 손보는 게 가장 경제적. 실수도 마찬가

지. 실수하면 곧바로 사과하고 후속 조치를 하면 피해가 적다
는 의미. "구멍은 깎을수록 커진다." 이 속담은 허물을 얼버무
리려고 할수록 드러난단 뜻. 앞서 설명했던 하인리히 법칙이
나 주란의 법칙과도 일맥상통하는 측면.

일머리와 공부머리

일머리와 공부머리. 말 그대로 일을 잘하는 머리와 공부를 잘하는 머리. 논란의 여지는 있으나 '대체로' 직장에서는 '공부머리가 좋다고 해서 일머리까지 좋은 건 아니다'는 데 의견이 모아지는 모습. 왜 그럴까 분석해보고 싶은 호기심 발동. 단이 글은 연구 자료에 근거를 둔 학술적 연구가 아닌, 지극히 주관적인 경험에 근거한 분석임을 전제.

정의의 차이

분석에 앞서 두 머리에 대한 정의를 내리는 게 급선무. 분석의 첫 단추는 명확한 정의이기 때문. 일머리는 난관을 돌파해 결과물을 만드는 능력, 즉 '문제 해결'과 '성과 창출'의 영역. 반면 공부머리는 시험지 위 '정답을 골라내는' 기술의 영역.

일머리의 3요소

앞서 얘기한 것처럼 일머리는 문제해결과 성과를 창출해내는 능력. 따라서 이를 위해선 현상 또는 문제를 정확하게 바라보는 '통찰력'이 중요하다고 생각. 문제가 무엇인지, 왜 발생했는지를 파악하는 눈이 있어야 한다는 뜻. 그 다음엔 해법을 설계하는 '기획력'이 필요. 창의성과 비판적 사고가 수반되어야 하는 단계. 기획만큼 중요한 건 이를 현실화하는 강력한 '추진력'. 대책을 만들고 실행을 안 하면 말짱 도루묵 되기 십상. 실행 과정의 필연적 장애물인 반대 세력. 이들을 내 편으로 만드는 소통과 설득 능력은 현대 조직 사회의 핵심 무기.

한편 공부머리란 정답을 맞히는 능력이기 때문에 머리가 좋아야 유리한 건 당연. 또 모르는 문제를 끝까지 풀어내고자 하는 '인내심'도 중요. 또한 답을 유추하는 추론 능력, 무엇보다 교과서 지식을 비판보다는 수용하려는 '순응적 태도'가 고득점의 비결.

일머리와 공부머리의 연관성

분석의 최종 결론. 앞서 분석한 걸 일목요연하게 정리가 필요하단 의미. 표로 정리하면 간단할 걸, 글로 표현하려니 말이 꼬인 느낌. 공부머리는 '지능 + 인내 + 순응'이자 '혼자' 해낼 수 있는 영역. 일머리는 '통찰 + 추진 + 설득'이자 '협업'의 영역. 얼핏 보면 무관한 듯한 두 영역. 허나 아는 것이 많으면 일 처리에 유리한 건 자명한 사실. 공부머리가 일머리의 밑거름이 될 가능성은 존재. 하지만 공부머리에 추진력과 소통 능력이 뒷받침되지 않는다면 무용지물. 즉 공부머리는 일머리의 '필수조건'이지 '충분조건'은 될 수 없다는 뜻. 성적표가 일의 성과를 담보하지 않는다는 냉정한 현실. 사회생활을 하는 순간부터, 암기력보다는 문제 해결력, 즉 일머리 향상에 집중해야 하는 이유가 바로 여기. 공부는 수단일 뿐 목적이 되어서는 안 된다는 함의.

정무 감각과 아부

'정무 감각이 좋다'는 평판 뒤의 찜찜한 느낌. 칭찬인지, 아닌지 애매하기 때문. 누구는 칭찬이라고, 누군 아부 잘한다는 뉘앙스. 이처럼 정무 감각이란 말은 현장에서 긍정과 부정의 뜻을 구분 없이 함께 사용. 허나 챗GPT도 구분하는 정무 감각과 아부의 차이. 아부가 악덕이니 정무 감각은 미덕이라는 단순 명쾌한 논리. 이제야 풀리는 오해와 혼동. 개념의 명확한 정의를 통한 언어생활의 재정립 필요.

쉬운 '아부'부터 정리하기로 결심. 쉬운 것부터 하는 게 순리. "남의 비위를 맞춰 알랑거리는 행위."라는 게 국어사전의 정의. 이와 같이 '아부 떤다'는 말을 들으면 마음에 상처. 아부 떤 게 아닌 데 그런 말을 들으면 더욱 상처. 아부 떤다는 것의 기준이나 경계가 명확하지 않기 때문이란 추론. "국장님, 오늘 넥타이 정말 멋지십니다." 단순 칭찬인가, 아부인가. 상황을 봐야만 풀리는 답 없는 문제.

다음은 정무 감각을 알아볼 차례. 주변에 '정무 감각이 뛰어나다'라는 평가를 받는 분들이 여럿. 이들의 공통점을 탐색한다면, 답은 금방 확인 가능. 바로 남다른 '판단력'. 즉 사태의 원인 파악과 향후 전개될 상황에 대한 탁월한 예측 능력. 판을 읽을 줄 아는 부류에 해당. 여기에 해결책까지 제시한다면 금상첨화. 또한 움직일 때를 아는 감각이 남보다 한 수 위. 동물적 '촉'이 좋다는 말과 일맥상통. 학습보다는 본능에 가까운 영역. 이런 분들이 주변에 있다면, 옆에 꼭 붙어 있으시기를 권장. 촉 좋은 사람이 그리 많지 않다는 뜻.

　나름대로 내려본 정무 감각의 정의. 판세를 읽고, 해야 할 때와 하지 말하야 할 때를 잘 구별할 줄 아는 능력. '호시우행(虎視牛行)'이란 고사성어로 요약. 호랑이와 같은 눈빛을 띤 채 소처럼 나아간다는 뜻. 예리하게 상황을 관찰하여 정확한 판단을 내리고 신중하고 끈기 있게 행동하라는 의미. (단 너무 신중해 타이밍을 놓치는 우를 범하지 말라는 것도 암시.) 다시 말해, 정무 감각은 상황을 읽고 판단하는 능력. 아부와 비슷해 보이지만 결이 다른 표현. 아부는 비위를 맞추는 기술인 반면, 정무 감각은 흐름을 읽고 움직일 줄 아는 감각을 의미. 이제야 속이 후련. 어디에서도 속 시원히 알려주지 못한 내용이기 때문. 스스로 따져가며, 새롭게 정의를 내리는 재미도 쏠쏠.

공부하는 AI, 실행하는 인간

AI시대임이 분명. 그 혜택을 체감 중. 검색엔진보다 AI를 더 자주 사용하기 때문. AI는 명과 암 모두 보유. 반갑기도 하지만, 무섭기도 하다는 의미. 두려움의 실체는 바로 일자리 위협. 신문 지면을 넘어 현실에서 변화의 조짐이 곳곳에서 포착. 얼마 전 지인 변호사와 식사 자리. 우연히 나온 AI 화두. "우리 로펌은 더 이상 어쏘(associate) 변호사 안 뽑아." 순간 흐르는 정적. 조짐이 현실화된 순간. 파트너 변호사를 보조해 자료 조사와 초안을 쓰던 어쏘 변호사의 역할을 AI가 대체한 현실. 남일 같지 않단 생각에 깊은 고심.

직장인들은 보고서 쓰는 게 일. 보고서 스트레스가 없단 말은 거짓말일 정도. 그간 보고서 작성 능력은 고속 승진의 보증 수표이자 핵심 경쟁력. 허나 이 또한 AI 앞에서는 풍전등화. '이세돌 vs 알파고 바둑 대결'처럼 인간이 보고서로 AI를 이기기 힘든 순간이 도래할 게 분명. 실제 직장인들 사이에선 보고서 초안을 AI에게 맡긴다는 얘기가 자연스레 회자. 어제의 경쟁력이 내일의 경쟁력을 담보해줄 수 없단 말로 결론.

이제는 냉정한 역할 분담의 타이밍. AI가 잘하는 건 AI에게, 인간이 잘하는 건 인간에게 맡겨야 한단 의미. AI는 감각과 실행력이 없는, 단지 똑똑한 보조 수단. 설득과 소통은 인간의 영역. 따라서 보고서는 AI가 쓰되, 그것을 실행하고 소통하는 일은 사람 몫. 단순히 아는 것이 아니라, 문제를 풀고 일을 되게 만드는 '실행력'과 '문제 해결 능력'이 새로운 경쟁력의 원천. 이를 위해서는 고도의 '소통 능력'과 판을 읽는 '정무 감각'이 필수.

공부는 AI가 하고, 일은 사람이 하는 모습이 앞으로 펼쳐질 새로운 업무 생태계. 공부머리만으로는 직장에서 살아남을 수 없는 구조. 과거의 1등들이 자만을 버리고 긴장해야 할 이유. 이제부터라도 AI가 흉내낼 수 없는, 사람만이 할 수 있는 일에 집중할 것.

음주단속 사전 공지

예전 유명 트로트 가수가 음주운전으로 물의. 초범이라 벌금형이 예상됐음에도, 사고 후 뺑소니 혐의까지 더해져 구속 수감되는 결말. 한순간의 판단 착오가 부른 치명적 대가. 가는 곳곳마다 설치된 CCTV에 잡힌 덜미. 대한민국 경찰의 지능수사가 세계적 수준임을 눈으로 확인한 순간. 이처럼 음주운전은 명백한 범죄. 따라서 예방도 중요하거니와, 사후 책임도 강화하는 방향으로 가는 편이 옳다고 생각.

종종 카카오톡을 통해 공유되는 음주단속 시간과 장소 정보. 누구나 한 번쯤 받아봤을 공공연한 비밀. 이와 같이 음주단속 사전 공지를 두고 주변에서는 두 갈래로 양분. '알 권리와 사고 예방 차원'이라는 의견과 '법망 회피용 꼼수'라는 의견이 치열하게 공방.

사전 공지가 필요하다는 측에선 '예방'에 방점. 음주단속이 적발이 아닌 경각심을 일깨우는 차원의 사고 예방이 목적이라는 시각. 미리 알림으로써 운전대를 잡지 않게 유도한다는 게 주당들의 항변. 반대로 반대 측은 사전 공지로는 음주운전 줄일 수 없다는 통계를 논리적 근거로 제시. 실제 음주운전은 해마다 증가하는 추세. 사전 공지는 단속 시간과 장소만 요리조리 피하는 '지능형 음주운전'만 양산할 뿐이라고 우려.

양쪽 다 일리 있는 주장. 다만 단속 당국에 요구되는 냉철한 시각. 사전 공지의 편익과 비용에 대한 철저한 분석이 필요하다는 의미. 만약 사전 공지가 음주운전 감소에 도움이 안 된다면, 관행을 깬 과감한 재검토가 필요한 시점.

요하다는 의미. 만약 사전 공지가 음주운전 감소에 도움이 안 된다면, 관행을 깬 과감한 재검토가 필요한 시점.

명품

이름 명(名) + 물건 품(品)을 써 이름난 물건이란 뜻. 명품을 갖고 싶은 건 인지상정. 과하니 문제. 한국인들의 명품 사랑은 유별. 명품계 큰손인 셈. 이를 비판하는 기사도 여러 번 봤던 기억. '명품족', '된장녀' 등으로 폄훼. 된장녀를 인터넷 검색란에 올려보니 우리말샘에 등재된 걸 확인. 과한 비판이라 생각. 명품 사랑은 취향의 문제라 생각하기 때문. 사고 싶은 걸 사는데 누가 비판할 자격이 있는지 되묻고 싶은 심정. 소비는 자본주의를 지탱하는 힘. 생산, 분배와 함께 소비도 경제의 3요소란 점은 다 아는 사실.

이런 가운데 '여성들이 명품가방을 좋아하는 이유'에 대해 궁금해하는 사람이 여럿. 일각에선 '남자들이 자동차와 시계에 열광하는 이유'와 같다는 시각. 모든 남자가 그런 게 아님을 인정할 필요. 명품을 좋아하는 건 취향의 문제라고 자체 결론. 명품이든 실용 제품이든 사고 싶은 것을 사면 된다는 의미.

그러나 명품과 실용 제품을 구분하는 경계선이 궁금. 곰곰이 생각해봐도 '가격' 외 딱히 떠오르는 게 없는 건 사실. 2025년 초반, 미국 월마트의 '워킨백'이 연일 매진이란 기사를 본 기억. 워킨백은 프랑스 명품 에르메스의 '버킨백'을 모방해 만든 제품. 누가 봐도 버킨백과 똑같다는 걸 금세 확인할 수 있을 정도. 다만 가격은 천양지차. 버킨백이 1천만 원에서 6억 원 수준이라면, 워킨백은 10만 원대.

　이처럼 워킨백 인기에 '주머니 사정이 팍팍하기 때문이다'라는 해석부터, '가성비 중시 소비 패턴이다'까지 해석이 여럿. 어떤 것을 선택할지는 소비자 몫.

불황형 소비

지금 우리 경제가 어렵긴 어려운 모양. 신문을 봐도 그렇고, 주변 얘기를 들어봐도 온통 "경기가 너무 안 좋다."라는 얘기뿐.

이런 가운데, 미국이 관세를 무기 삼아 여러 나라에 시비를 걸고 있는 형국이니 앞으로 경제가 어떻게 될지는 명약관화(明若觀火). 밝을 명(明), 같을 약(若), 볼 관(觀), 불 화(火), 즉 불 보듯 분명하고 뻔하다는 뜻. 같은 말로는 명명백백(明明白白).

백화점 down, 다이소 up

경제가 안 좋으면 소비자들은 으레 지출을 줄이거나, 가성비가 좋은 제품을 찾기 마련. 가령 백화점 식품관 대신 마트나 전통시장, 올리브영 대신 다이소를 들르는 패턴. 유통업계가 죽을 쑤고 있는데도 불구하고 '다이소'와 '무신사', 그리고 '당근마켓'은 최대 실적을 계속 갈아치우고 있다는 소식. 이러한 추세는 당분간 계속될 것으로 짐작되는 대목.

그럼에도 명품은 불황에서 벗어나 있는 것을 보면 신기할 따름. 강남 부동산도 마찬가지. 경제가 합리적으로만 돌아가는 게 아니라는 방증. 아님 부익부 빈익빈이 더 심해진 것일 수도.

요노족

한편 꼭 필요한 것만 구매한다는 '요노 소비패턴'도 두드러지고 있다는 게 현장에서 들리는 얘기. 요노란 'You Only Need One(YONO)'에서 유래. 대형마트에서 대량 구매하기보단 편의점에서 먹을 만큼이나 쓸 만큼만 사는 것. 실제 대량 구매 시 먹는 것보다 버리게 되는 것이 더 많다는 반응은 주변에서 어렵지 않게 감지. 그러나 동시에 '코스트코'나 '이마트 트레이더스' 역시 인산인해(人山人海).

늘어나는 뽑기(가챠샵) 인구

일각에선 '가챠샵'이 느는 것도 불황형 소비의 일환이라고 주장. 가챠샵이란 뽑기 기계를 모아둔 곳인데, 누구나 학창시절에 한 번쯤 해봤을 법. 뭐가 나올지 모른다는 게 뽑기의 묘미. 또 당시 100원이었던 것으로 기억되는데 마침 원하는 피규어라도 나오면 동네 자랑으로 취급됐을 정도. '가챠'란 쇠붙이끼리 부딪쳐서 나는 찰칵찰칵 소리를 표현한 일본 의성어 '가차가차'에서 따온 말. 가챠샵은 유동인구가 많은 지하철역뿐 아니라, 백화점 전용존이 생길 정도로 인기가 높아지고 있다는 게 뽑기 마니아층의 귀띔.

붉은 립스틱과 미니스커트는 옛말

불황일수록 붉은색 립스틱과 미니스커트가 많이 팔린다는 얘기가 많이 회자됐던 적. 경제가 어려울수록 초라해 보이지 않기 위해서라는 해석. 하지만 전문가들은 의미 있는 데이터를 찾을 수 없는 속설일 뿐더러 업체들의 얄팍한 상술에 불과하다고 일침. 밸런타인데이 때 초콜릿을 먹는 것과 똑같은 맥락. 그러나 소비자 심리를 활용하는 것도 마케팅 전략이니 나쁘게만 볼 것도 아니라 생각. 돈이 돌아야 경제가 사는 건 거부할 수 없는 명제기 때문. 또 수요 창출을 위한 업계의 안간힘이라는 게 일각의 시선.

쁘게만 볼 것도 아니라 생각. 돈이 돌아야 경제가 사는 건 거부할 수 없는 명제기 때문. 또 수요 창출을 위한 업계의 안간힘이라는 게 일각의 시선.

인맥

사람 인(人), 줄기 맥(脈). 사람들의 줄기, 즉 사람들과의 관계 정도로 이해. 영어론 네트워크. 표준국어대사전에 따르면, 인맥이란 정계·재계·학계 따위에서 형성된 사람들의 유대관계. 자연 발생론적 해석이라 생각. 한편 나무위키에서는 필요에 의한 목적론적으로 인맥을 규정. 즉 취업, 승진, 자영업 등 무언가의 자문이나 기회, 실익을 보다 수월하게 얻을 수 있는 인간관계로 인맥을 기술. 둘 다 맞단 생각이지만, 주변에선 목적론적 해석에 좀 더 무게. 필요하기 때문에 돈과 시간을 내서 인맥을 구축하는 것이기 때문.

JYP 대표 박진영은 한 토크쇼에서, 인맥을 넓히느라 시간을 많이 쓰지 말고, 스스로 실력을 키우고 몸을 관리하는 데 시간을 쓰라고 조언. 사람은 다 이기적이라 서로에게 도움이 된다면 알아서 도와주기 때문에, 내가 어떤 사람에게 도움이 되면 그는 무조건 나를 찾을 것이라 첨언. 심장을 때리는 울림이 있다고 생각. 인맥은 만드는 것이 아니라, 만들어지는 것이라 믿고 있는 까닭.

아무리 돈과 시간을 들여도 도움이 안 되는 인맥은 사상누각에 불과. 사람은 불완전한 존재라 부족함을 다른 사람에게서 찾기 마련인데, 부족함을 채우지 못하는 인맥은 낭비일 뿐. 주변 인맥부자들이 많은데 빛과 그림자가 공존. 인맥으로 일이 풀리는가 하면, 반대로 여러 인맥 때문에 곤경에 처하는 경우도 많은 까닭. 인연인 줄 알고 맺었던 관계가 악연으로 마무리된 셈.

나이 오십 줄에 접어들면 주변을 정리하겠단 말이 자주 회자. 반평생 살아보니 인맥의 덧없음을 느꼈기 때문이라 짐작. 인생무상이란 의미. 핸드폰에 수천 개의 연락처가 저장되어 있더라도 연락할 수 있는 사람은 소수에 불과한 게 인생. 내가 남에게 필요한 사람이 되면 자연스레 인맥은 형성되기 마련. 선 실력, 후 인맥인 셈. 노력도 필요하지만 진심 없는 노력은 안 하니만 못하다고 생각.

권력

누구나 가지고 싶지만 모두가 가질 수 없는 게 권력. 국어사전에 따르면, 권력이란 남을 복종시키거나 지배할 수 있는 공인된 권리와 힘. 공화국 체제하에선 권력은 법률에 기반. 또 권력의 남용 가능성을 예고하고 여러 견제장치를 법률에 규정. 삼권분립이 대표적. 직권남용죄나 탄핵 등도 권력 견제수단. 예나 지금이나 권력을 함부로 사용하다 말로가 비참해지는 사례는 비일비재. 유력 정치인들이 구설에 올라 수감되는 뒷모습을 보고 있노라면 씁쓸함 그 자체. 그래도 권력쟁취를 위해 지금도 여의도 한복판에선 '이전투구'가 한창.

한편 여러 정치학자들이 권력 속성에 대해 분석했지만, 권력은 '유한하다', '나눌 수 없다', '권력쟁취 전과 후가 다르다'로 나름 재해석. 우선 '권불십년'이란 말이 폭넓게 통용되듯 권력 지속은 10년 안팎. 우리나라 헌법엔 권력 지속기간을 임기형태로 규정. 대통령은 5년, 국회의원은 4년, 대법원장은 6년 등등. 굴곡진 우리 현대사 때문인지 대통령은 한 번만 가능. 우리 현대사에서 대통령의 말로(末路)가 순탄하지 않았다는 건 익히 알려진 사실.

"하늘 아래 두 개의 태양은 없다."라는 말처럼 권력은 나누기 힘든 속성. 부자지간 등 인척지간에서도 마찬가지. 조선 선조가 광해군을 견제하고, 인조와 영조가 각각 소현세자와 사도세자를 죽인 게 대표적. 소현세자 독살설은 학계에서 아직 논란거리. 현대사에서도 사례는 굳이 거론하지 않아도 무궁무진. 권력 앞에 무릎을 꿇어야 한다는 걸 의미하는 건지 아리송. 권력은 비판 받아야 공고해진다는 건 아이러니. 권력쟁취 전과 후가 바뀐다는 것도 권력의 속성. 솔로몬이 권력획득 후 여자 문제로 구설에 오른 것이 대표적. 또 연산군도 초기엔 성군이었지만 점점 패륜아가 됐다는 게 일각의 주장. 권력은 유한하고, 변하는 거라 잘 사용해야 한다는 게 결론. 세종과 연산군이 대비되는 지점.

악마의 대변인

악마의 대변인(devil's advocate). 어떤 사안에 대해 의도적으로 반대 의견을 말하는 사람. 가톨릭 성인 추대 심사에서 추천 후보의 불가 이유를 주장하는 사람을 '악마'라고 부른 것에서 유래. 잘못된 명령과 행위에 대해 비판하는 조선시대 사간원의 '간쟁'과 엇비슷.

비슷한 사람끼리 모여 있으면 사고의 틀이 닮아간다는 말이 연상. 어느 조직이든 지역, 출신, 성별 등이 다양해야 건강해지는 법. 다양한 의견이 나와야 최적의 해결책을 도출할 수 있기 때문. 같은 사고를 가지고 있으면 위기에 취약한 건 당연. 누군가 조선이 5백 년간 유지한 건 간쟁 기능이 있었기 때문이라고 주장. 비판이 없으면 독단으로 흐르는 건 시간문제.

조직이든 사람이든 성공을 위해선 비판 기능이 필수. 다만 합리적 비판이 전제 조건. 또 윗사람에게 비판할 땐 기분 나쁘지 않게 하는 게 핵심이라고 일각에서 주장. 바른 말이라도 얄밉게 말하는 사람도 종종 발견. 겸손한 비판이 받아들여지는 법.

기울일 경(傾), 들을 청(聽)을 써 귀를 기울여 듣는다는 뜻. 건성으로 듣지 말고 숨겨진 메시지까지 파악하며 들으란 말. 다만 상대가 알아들을 수 있는 말을 할 경우만 해당. 술 취해 한 말은 귀담지 말라지만, '취중진담'도 있기에 판단은 각자 몫. 필요한 말은 속 시원하게 할 필요. 또한 "말 한마디에 천 냥 빚을 갚는다."라는 속담처럼 말이 중요하단 건 예나 지금이나 동서고금의 진리. 이와 반대의 경우로 말을 함부로 해선 안 된다는 속담도 예부터 지금까지 전승. "세 치 혀가 사람 잡는다."와 "혀 아래 도끼 들었다."가 대표적. 한 치가 3cm가량이니 세 치 혀는 9cm 정도의 짧은 혀란 뜻. 짧은 혀라도 잘못 놀리면 사람이 죽을 수도 있단 의미. 이런 경우는 부지기수. 특히 정치판에선 '내로남불'로 돌아오는 경우가 거짓말 보태 신문에 거의 매일 등장.

《말의 품격》의 저자 이기주는 말을 잘하기 위해선 우선 잘 들어야 한다고 주장. 잘 들으면 마음마저 얻을 수 있다는 뜻의 '이청득심(以聽得心)'을 책 처음에 배치하면서 경청의 중요성을 강조. 또한 삶의 지혜는 듣는 데서 비롯되고, 삶의 후회는 말하는 데서 비롯된다면서 경청에 대해 책의 4분의 1씩이나 할애. 대개 사람들은 말의 총량이 듣는 총량보다 적으면 인정받지 못한다거나 손해라고 생각하지만 그렇지 않다는 게 작가의 단언. 또, 작가는 충무공 이순신이 임진왜란 때

쇄를 물리칠 수 있었던 비결은 아랫사람들의 말을 경청했기 때문이라고 소개. "나는 병사들과 자주 어울려 술을 마셨다."라는 《난중일기》의 인용문장이 경청의 사례라고 주장. 이처럼 경청의 효용에 대해선 누구나 다 아는 사실. 특히 정책 당국이나 정치판에서 현장의 목소리에 귀를 기울이지 않아 낭패를 보는 경우가 비일비재. 작가의 판단처럼 말을 적게 하는 게 손해가 아니란 점을 머릿속에 쏙 담을 필요. 그럼에도 일각에선 경청만 하다보면 속 터져 죽을 지경이 생길 거라고 우려하는데, 이는 극단적 주장일 뿐. 상대가 관심이 있고 재밌는 말은 어디서나 환영받기 때문. 꼰대처럼 '나 땐 말이야'와 '내가 왕년엔' 등의 말은 사양하란 의미. 꼰대를 넘어 꼬장 수준까지 올라갈 수 있기 때문. 회식자리에선 경청할 것을 다짐. '이청득심', 즉 마음을 얻어야 하기 때문.

뒷담화

일각에서는 뒷담화는 '뒷다마 깐다'라는 말에서 시작한다고 주장. 뒷담화란 남을 그 사람이 모르게 뒤에서 헐뜯는 말이란 의미. '다마'는 일본어로 공(球). '다마' 치러 가자란 '당구' 치러 가자란 뜻. 이처럼 뒷담화는 당구용어가 비속어(뒷다마)로, 그리고 순화를 거쳐 일상용어(뒷담화)로 자리매김한 셈. 인생에서 하지 말아야 할 것 중 하나가 뒷담화. 하지만 사람이 있는 어느 곳에서나 뒷담화는 일상. 회사면 회사, 학교면 학교, 식구끼리도 마찬가지. 인간 본능인 까닭. 인간은 남을 이겨야 한다는 습성 보유. 내가 우월하기 위해선 남을 깎아 내려야 한다는 의미. 본능이기도, 일상이기도 하지만 지나치면 문제가 생기는 건 당연. 자신의 험담을 누군가 뒤에서 하고 있단 생각만 해도 끔찍.

직장상사나 학교 선생님이 뒷담화 단골 소재. 뒷담화는 내가 못했던 말을 누군가 대신 해준단 측면에선 장점. 속이 뻥 뚫린 느낌. 또 사실에 상상력을 덤으로 얹는다면 흥미를 유발시키기 충분. 무료한 회식자리라도 '누가 그랬어'라고 뒷담화를 시작하는 순간 모두들 귀를 솔깃. 하지만 어느 한 인터넷 사이트에 따르면, 뒷담화를 자주 하는 사람들의 특징을 '행복하지 않다', '내 일에 집중하지 못한다', '열등감이 강하다', '시기와 질투가 많다', 인간관계가 안 좋다' 등으로 단정. 공감되는 지점. 뒷담화엔 주로 험담을 목적으로 하기에 거짓인 경우가 많을 거라 생각. 하지만 사람은 듣고 싶은 것만 듣고 싶기에 뒷담화가 귀에 쏙쏙 들어오는 건 인지상정. 거짓말도 여러 사람이 되풀이하면 참인 것처럼 여긴다는 의미의 '삼인성호(三人成虎)'가 연상. 석 삼(三), 사람 인(人), 이룰 성(成), 범 호(虎). 남을 비방하는 하는 내용의 뒷담화는 명예훼손죄나 무고죄에 해당될 수 있다고 짐작. 근래 무고죄가 폭증하고 있다는 기사를 본 경험. 이를 두고 현장에선 남을 비방하는 뒷담화보단 칭찬을 목적으로 하는 '착한 뒷담화'를 적극 육성해야 한다는 목소리 점증.

밥값

밥을 먹는 데 드는 비용. 모임에서 밥값을 지불할 사람이 정해져 있을 경우 그 모임은 종료 직전까지 태평성대. 추가 주문하는 소리도 여러 번 들었던 경험. 하지만 비용을 낼 사람이 정해지지 않았다면 대략 난감. 더치페이가 무난하지만 이 말을 내뱉기가 참 부담. 아직 우리나라에선 더치페이가 익숙하지 않은 까닭. MZ들이 더치페이에 익숙하다고 하니, 앞으론 밥값문화 혁신이 있을 거란 생각. 더치는 양날의 검. 서로 부담 없이 즐길 수 있지만 만남의 횟수는 줄어들 게 불 보듯 뻔하다고 생각. 지금도 외식물가가 천정부지인데 10년 후 물가는 묻지 않아도 가늠.

누가 밥값을 낼지는 암묵적인 사회적 합의에서 비롯된다 생각. 합의가 깨질 경우 모임 유지가 어렵게 된단 의미. 주변을 돌아보면 대개 밥값은 사장님들과 사장님과 비슷한 신분들이 내는 경향. 그 다음으론 연장자나 축하받을 당사자. 또 만나자고 한 주선자도 밥값 지불 대상자. 모임에 사장님이나 연장자, 그리고 모임 주선자가 껴 있으면 밥값 부담에서 자유롭단 뜻. 그러나 이런 규칙도 한계가 있는 법. 매번 내는 사람도 지치기 마련. 돈도 돈이지만 본인의 존재감을 느끼고 싶은 건 인지상정인 까닭. 호의가 계속되면 권리로 생각한다는 말이 연상. 모임을 주선해놓고, 비싼 식당까지 예약하면서 정작 계산대 앞에서 뒷짐 지고 있는 사람을 경계해야 한다는 인터넷 게시물이 여럿. 책 《세렌디피티 코드》에서 밥값 안 내는 걸 두고 불행하고 가난해지는 행동이라고 꼬집은 대목이 민망하면서도 진한 울림. 세상에 없는 세 가지. 비밀, 정답, 그리고 공짜.

넷 게시물이 여럿. 책 《세렌디피티 코드》에서 밥값 안 내는 걸 두고 불행하고 가난해지는 행동이라고 꼬집은 대목이 민망하면서도 진한 울림. 세상에 없는 세 가지. 비밀, 정답, 그리고 공짜.

고집

"고집이 세다." 칭찬인지 욕인지 아리송한 평가. 뚝심 있다는 긍정과 말이 안 통한다는 부정의 시선이 공존하는 분위기. 국어사전의 명쾌한 정의. "자기의 의견을 바꾸거나 고치지 않고 굳게 버티는 성미." 즉 타협이 없다는 뜻. 이에 대해 알아보다 발견한 충격적 사실. 고집이 세지는 건 성격 탓이 아니라 노화로 인한 '전두엽 퇴화' 때문이라는 해석. 전두엽은 사고의 유연성과 감정 조절을 담당하는 사령탑. 나이 들면 이 부위가 위축되면서 새로운 정보를 거부하고 본인의 생각만 고수하게 된다는 논리. "나이 들수록 고집만 늘어난다."는 옛말이 증명. 어린 아이들이 제멋대로 하고 싶은 대로 하는 건 전두엽이 아직 덜 발달됐기 때문이라고 덧붙여 풀이. 어리면 덜 자라서, 늙으면 퇴화해서 고집을 부린다는 슬픈 결론. 결국 고집불통이 되지 않으려면 뇌가 굳지 않게 끊임없이 새로운 것을 받아들여야 한다는 교훈.

사과의 기술

사례할 사(謝), 지날 과(過). 자신의 잘못을 인정하고 용서를 비는 행위. 인간은 불완전한 존재, 고로 실수는 다반사. 실수를 하면 사과를 통해 사태를 되돌리는 건 당연. 문제는 그놈의 자존심. 사과를 망설이는 주원인. 하지만 지나고 보면 사과는 자존심을 구기는 게 아니라 지키는 일이라고 깨닫기 마련. 내 잘못을 시원하게 인정할 때 비로소 떳떳하고 당당해진다는 역설. '자존심'이 아닌 '자존감'의 문제.

사과에 인색한 문화권, 중국과 러시아. 중국은 문화혁명, 러시아는 스탈린 대숙청의 비극을 겪었던 경험. 과거 그곳에선 잘못을 인정하는 순간 가혹한 형벌이나 죽음으로 직결. '미안하다'는 말이 곧 유죄 선언이었던 공포의 기억. 결국 사과 거부는 생존을 위한 인간의 고육지책이었다는 것이 역사학계의 풀이.

사과를 하고도 욕먹는 건 '방법'의 오류. 뒷맛이 개운치 않다면 점검해봐야 할 사과의 정석. 일각에서 정의한 성공적 사과의 공식은 '구체성 + 적시성 + 진정성 + 재발 방지'. 즉 무엇을 잘못했는지 구체적으로, 늦기 전에 즉시, 진심을 담아, 다시는 안 그러겠다고 약속하는 것으로 요약. 여기에 필수 옵션 추가. '사실관계 따지지 않기'. "미안해, 그런데 네가 먼저…"라고 토를 다는 순간 그것은 사과가 아니라 선전포고. 시시비비(是是非非)를 가리는 건 사과의 영역이 아닌 비판이나 논박의 영역. 사과는 이성이 아닌 감성적 접근의 문제. 상대의 상한 감정을 읽어주는 게 핵심. 시원하게 사과하고 빨리 다른 일을 도모하는 게 훨씬 경제적이라는 게 다수의 결론.

영역. 사과는 이성이 아닌 감성적 접근의 문제. 상대의 상한 감정을 읽어주는 게 핵심. 시원하게 사과하고 빨리 다른 일을 도모하는 게 훨씬 경제적이라는 게 다수의 결론.

후회

후회 없는 삶이 있을까란 생각. 사람은 후회하면서도 똑같은 행동을 매번 반복하는 특성. 이래서 "사람은 고쳐 쓰지 못한다."란 말이 생겼을 법. 후회란 과거에 잘못된 일을 두고두고 생각하면서 한탄하는 행위. 오직 인간만이 가지는 감정이라 알려졌지만, 일각에선 유인원이나 앵무새 등과 같이 감수성 있고 지능이 높은 동물들도 후회를 느낀다고 주장. 이런 가운데 사람이 죽을 때 가장 후회하는 건 뭘까 궁금. 최근 영어권 나라에서 화제가 되고 있는 《죽을 때 가장 후회하는 다섯 가지》라는 책에서 소개. '내 뜻대로 살 걸, 일 좀 덜 할 걸, 화 좀 더 낼 걸, 친구를 챙길 걸, 도전하며 살 걸'이 다섯 가지의 후회.

결국 이는 남의 시선에 따라 살았고, 주야장천 일만 했고, 화도 못 내고, 친구도 못 챙겼고, 눈앞의 일만 두고 아등바등 살았단 의미. 화(禍)의 중요성을 강조한 게 특이. 보통 사람에게는 착한아이 증후군이 있어 화는 참아야 한다고 착각. 하지만 화를 내지 않으면 화병이 발병. 화병은 마음속에서 울화통이 커지는 병. 울화통은 외부로 표출하지 않으면 스트레스에 의해 각종 질병으로 수명을 단축시킨다는 게 의학계의 정설. 앞으로 주체적으로 워라밸을 지키며, 화 좀 내면서, 친구들에게 술도 사주면서, 새로운 일에 도전하며 살 것을 다짐. 그래야 후회 없이 죽음을 맞이할 수 있다는 결론.

8장

삼이

단정해지는

생활 철학

아침형 인간

보통 아침 5시 전 일어나려고 노력. 현재까지만 놓고 평가해 보면 잃은 건 없고 얻은 것만 있을 뿐. 뭘 얻었냔 물음? 우선, 내 개인시간이 많아졌단 점. 다들 그렇겠지만 남들과 일상을 같이하다 보면, 나보단 남 스케줄에 맞추게 되는 일이 부지기수. 아침형이 되니 출근 전까지 온전히 내 시간. 종이신문을 밑줄 쳐가며 읽을 수 있고, 연주곡 들으면서 책 몇 장 넘길 수도 있으며, 감사 일기도 쓸 수 있게 된 게 보람. 아침형이 되고부터 생겨난 아침 루틴.

또 업무 집중도가 꽤 높아진 것도 장점. 개인차도 존재하겠지만, 낮보단 아침에 집중이 잘되는 경우가 많을 거라고 생각. 잘 자고 일어난 느낌으로 일하는 기분. 집중도가 높아지다 보니 업무 처리시간이 짧아지는 것도 확연히 체감. 예를 들어 하토상을 낮에 1시간 걸려 작성했다면, 새벽이나 아침에 써보면 30분 남짓. 어깨가 들썩여지는 지점. 게다가 하루 온종일 뿌듯한 기분 지속. 남보다 하루를 먼저 시작했단 심리적 우월감 속 자신감까지 생기기 일쑤. 여기에 더해 하루가 길어졌단 생각에 입가에 미소 가득. 하루에 이틀을 얻은 느낌.

아침형의 대표 직업군으론 스님들이 대표적 사례. 보통 새벽 3시에 기상해 새벽 예불로 시작해 각종 업무와 수행 등을 하고 밤 9시에 잠자리에 드는 일과. 또 조선 왕들도 새벽 5시에 기상해 밤 11시나 돼야 취침에 드는 게 일상. 그만큼 업무와 일정이 과했단 뜻. 유명 소설가 무라카미 하루키도 아침형으로 많이 알려졌는데, 새벽 4시에 기침을 해서 오전 내내 글을 쓰는 루틴 소유자.

주당분들께도 아침형으로 바꾸시길 권하는 편. 회식자리에 가더라도 9시면 눈꺼풀이 내려오기 십상이기 때문. 졸려서 밤 9시에 하는 〈KBS 뉴스〉 날씨 예보 전까지는 귀가할 수 있단 의미. 술도 덜 먹으니 다음날 숙취가 별로 없어 일석이조.

요리 입문기와 볶음밥 증후군

하토상의 요리 입문기

버킷리스트 중 하나인 요리를 시작했다는 소식이 주변에 전해지자 무슨 일 있냐는 물음이 첫 번째 반응. 또 어울리지 않다는 평을 들은 것도 여럿. 혼자 남겨 졌을 때 굶어 죽지 말자는 생존본능 때문에 요리에 입문. 또, 외식이 일상이다 보니 식당 음식이 식상해지기 시작. 맛있다고 찾아 간 음식점도 거기서 거기. 특히 프랜차이즈형 식당은 근처에도 가고 싶지 않은 심정. 소위 '찍어낸 맛' 같기 때문. 이곳에선 요리를 하는 게 아니라 '뜯어서 데우는 곳'이란 인식. 요리에 대한 편견일 수 있지만 요리엔 정성과 함께 문화도 녹아 있어야 한다고 생각. 게다가 외식물가가 꼭짓점 없이 우상향 곡선을 그리고 있어 요리 입문은 일석삼조 효과.

예전 분식집 음식이었던 냉면이 1만 2천 원, 칼국수가 1만 원이 넘은 지 오래. 요리 지식이 없는 초보자라 계란요리부터 시작. 계란탕, 계란찜, 계란말이 등등. 조리도 편하고 식사뿐 아니라 술 안주로도 가능한 까닭. 유튜브 검색 → 식재료 구매 → 요리 시작 → 임상실험(?) 패턴. 유튜브 덕분에 요리가 쉬워졌다는 반응 여럿. 다행히 임상실험 참가자들이 내 요리가 모두 합격이란 평가. 진짜 맛이 있어선지, 앞으로 계속 부탁해, 하는 의미인지 의심. "칭찬은 고래도 춤추게 한다."라는 말처럼, 계속되는 칭찬에 계속되는 요리 연구. 무엇으로 맛을 낼지가 늘상 고민. 소금 vs 간장 vs 설탕 vs 액젓(참치, 까나리, 새우). '선택의 문제'가 아닌 '조화의 문제'. 일단 다 넣어본 결과, 가득한 감칠 맛. 물론 참치액젓이 5할 이상을 좌우한다는 게 지인들의 한목소리.

최근엔 조미료를 안 쓰고 액젓으로 간을 한다고 주변에선 귀띔. 참치액젓이 고마울 뿐. 액젓이 없었으면 요리 입문은 실패했을 것이라 짐작. 가끔 꿈에서도 레시피가 나올 정도. 간절하면 이뤄진다는 어르신들의 말에 전적 공감. 앞으론 나만의 특별식을 만들어 보겠단 각오. 직접 만든 요리에 술 한잔 할 생각하면 웃음이 절로. 요리 입문을 고려하고 계신 분이라면 우선 마트부터 가서 장 보는 연습을 하시길 추천. 주부들이 무엇을 주로 사는지 관찰해보면 실력이 절로 향상. 요즘 요리하는 재미에 주말이 기다려질 판. 정신 건강에도 꽤 도움이 될 거라고 믿어 의심치 않는 1인.

볶음밥 증후군

기사를 보고 깜짝 놀란 '볶음밥 증후군'. 탄수화물 과다 섭취 경고인 줄 알았으나 오해. 실체는 '바실러스 세레우스' 균에 의한 식중독. 쌀이나 파스타 등 탄수화물이 많이 함유된 식품에서 증식하는 균이 원인.

병이 '볶음밥'으로 명명된 건 볶음밥 재료인 찬밥이 균 증식에 적합한 환경이라는 데서 유래. 조리 후 상온에 방치된 식은 밥이야말로 이 균이 번식하기 최적의 환경이라는 이유. 중식당이나 분식집 사장님들이 들으면 억울해서 뒷목 잡을 소식. 형평성 차원에서 '파스타 증후군'이라 불리지 않은 게

그나마 다행. 널리 알려질 경우 협회 차원의 명칭 변경 시위
가 일어날지도 모를 일.

　가볍게 볼 게 아닌 치사율. 단순 배탈이 아닌 생명 위협. 실
제 2008년 벨기에의 20대 대학생 사망 사건이 대표적 사례.
상온에 닷새간 둔 파스타면를 조리해서 먹었다가 10시간 만
에 숨진 비극. 예방의 핵심은 칼 같은 '냉장 보관'. 조리된 음
식은 식혀서 바로 냉장고행이 필수. 문제는 식당의 주방 사
정. 주문한 볶음밥에 들어간 찬밥이 냉장고에 있었는지, 더운
주방 한구석에 방치됐었는지 손님은 알 길 없는 게 현실. 결
국 우리의 건강은 사장님의 위생 상식과 양심에 달렸다는 씁
쓸한 결론.

노푸

No+(Sham)poo. 샴푸를 사용하지 않고 비누나 물 등 자연성분으로 머리를 감는 방식. 워낙 첨예하게 대립하는 주제임에도 노푸의 효과를 믿고 있는지라 뭇매 맞을 각오로 작성하기로 결심. 노푸를 하는 이유는 샴푸엔 40여 가지 합성 화합물이 들어가 있는데, 화학물질이 모발 훼손을 일으키기 때문. 일각에선 샴푸 내 유해성 화학물질이 모공에 들어가 모근을 손상시켜 모발이 가늘어진다고 주장.

또 샴푸가 머리카락과 두피의 오염물질을 잘 제거하지만, 두피 피부장벽까지 벗겨내 탈모를 일으킬 수 있다고 경고. 이처럼 샴푸의 유해성은 오래전부터 논쟁거리. 샴푸 효용론을 주장하는 측은 두발과 모공까지 깨끗이 씻어내는 데 샴푸만한 게 없다고 주장. 반면 샴푸가 유해하다고 주장하는 쪽에선 모발이 가늘어져 결국 탈모를 일으킬 것이라는 입장.

의학계 내에서도 의견이 일치하고 있지 않지만, 2014년 출간된 우츠기 류이치의 《물로만 머리감기, 놀라운 기적》이 서점 베스트셀러로 등극할 정도로 노푸에 큰 관심. 주변을 둘러보면, 비누로 머리감기를 실천하는 사람도 여럿. 탈모 예방을 위해 비누로 머리를 감는 부류. 이들은 비누로 감으면서 머리빠짐이 줄어들었고 머리가 뻣뻣해져 볼륨감을 유지할 수 있다고 귀띔. 뻣뻣함을 단점이 아닌 장점으로 인식하는 셈. 믿거나 말거나 속는 셈치고 일주일 실천해보길 권유. 이 기간

중엔 드라이 사용도 금지. 오로지 자연 상태 유지가 중요한
까닭.

머리감기

누구나 하루 한 번 이상은 머리감기 실행. 안 그런 사람도
있겠지만 그렇게 믿고 싶은 심정. 의학계에서는 허리를 숙
여 머리감기를 하지 말 것을 권고. 허리 숙여 머리를 감으
면 척추와 눈 건강에 악영향을 줄 수 있기 때문. 성인 평균
머리 무게가 4~5kg이라 허리에 무리를 줄 수 있단 주장.

또 허리를 숙이면 정상 안압이 21mmHg인데, 30~
40mmHg로 상승하기 때문에 눈 건강에도 안 좋단 의견.
정형외과 측에서는 허리 디스크 환자에게 가장 나쁜 자세
는 허리를 숙이는 거라고 한목소리. 하지만 말이 쉽지 행동
하긴 쉽지 않은 단점. 허리 숙이지 않고 머리감기는 샤워를
해야 한단 의미. 시간이 많이 걸려 아침시간에 실행하긴 곤
란한 부분.

홀아비 냄새

'홀아비 냄새'라는 말은 입 밖으로 꺼내기 어려운 단어. 다소 민망할 수 있으며, 누군가를 민망하게 할 수 있는 단어인 까닭. 그럼에도 불편한 곳은 긁어줘야 제맛. 비위가 약하신 독자께선 이쯤에서 읽기 종료를 권장. 버스나 지하철 옆자리의 그 쿰쿰한 냄새. 누구나 한 번쯤 맡아봤을 법한 냄새. 포털 검색창 최상단을 차지하는 연관 검색어. 그만큼 남모를 고민이 많다는 확실한 방증. 가장 큰 문제는 '본인만 모른다'는 비극. 냄새는 타인의 불쾌감을 넘어 본인의 자존감까지 갉아먹는 치명타.

홀아비 냄새의 원인은 여럿이라고 하지만 '피지 속 지방산'이 주범. 피지란 가죽 피(皮)와 기름 지(脂)를 써, 사람의 피부에서 나오는 기름이란 뜻. 일명 '개기름'으로 통용. 여성보단 남성 피부에 많이 생긴다고 하는데, 남성 호르몬이 피지샘을 더 자극하기 때문이란 게 검색 결과. 왜 '홀어미'가 아닌 '홀아비' 냄새로 지칭했는지 이제야 이해. 이와 같은 설명에 따르면 남녀노소 모두 피지가 생기는 건 당연한데, 왜 젊은 친구들은 냄새가 나지 않는지 궁금. 나이가 들면 유익균은 줄고 유해균이 증가해 피지 지방산이 악취를 유발하는 호르몬으로 변하기 때문. 헛웃음만. 나이가 들면 모든 게 달라진다는 생각에 서글퍼지는 기분. 눈만 안 보일 줄 알았는데, 이제 냄새까지 이 모양이니 서글픔이 두 배. 하지만 노화는 어쩔 수 없다 해도 제대로 된 관리만 하면 홀아비 냄새를 없앨 수 있다는 게 다수 전문가들의 지적. 전문가들은 냄새 원인이 되는 신체부위를 잘 씻는 습관이 가장 중요하다고 강조.

우선 전문가들은 '귀 뒤쪽'과 '정수리'를 냄새의 주원인으로 지목. 두 곳 모두 피지 분비가 가장 활발하기 때문이라는 설명. 일각에선 정수리가 홀아비 냄새의 주범이라는 시각을 내비치며 세밀한 관리가 필요하다는 시각. 귀 뒤는 알았지만 정수리는 처음 듣는 얘기라 의아. 샴푸를 시용하지 않는 노푸족(No Shampoo) 입장에선 꽤나 불편한 진실에 해당. 이 밖에 현장의 전문가들은 신체 여러 곳을 냄새 원인으로 지목하는데, 특히나 '발톱'과 '배꼽', 그리고 '목덜미' 관리를 철저히 할 것을 강조. '발'도 아니고 '발톱'을 특정한 건 우리 신체 중 땀샘이 많은 곳 중 하나가 발톱이기 때문이라고 설명. 손톱과 발톱을 자주 깎아야 하는 이유가 하나 더 생긴 셈. 학창시절 담임선생께서 손톱 검사를 왜 그리도 자주 했는지 무릎을 탁 치며 이해.

한편 전문가들은 신체뿐만 아니라 옷과 이불, 그리고 집 청결상태 등도 냄새의 원인이 될 수 있다고 지적. 이것들에 대한 꼼꼼한 관리도 놓쳐선 안 될 거라고 제언. 또 술과 담배도 가뜩이나 안 좋은 냄새를 더 안 좋게 할 수 있으므로 끊든지, 줄이든지 하라고 첨언. 그러고 보니 술과 담배는 생활습관 개선에 안 끼는 곳이 없을 정도. 냄새 탓에 금주와 금연을 결심해야 할 이유가 하나 더 생긴 셈. '절주하기'를 새해 버킷리스트에 올렸지만 이미 깨진 지 오래. 주변 여럿도 마찬가지 반응인지라 죄책감이 덜 드는 것 또한 사실.

모임의 기술

모임

'모임'의 어원은 사람을 '모으다'가 아닌 사람들이 '모이다'. 우리나라는 '연(緣)'을 중시하기에 각자 가지고 있는 모임이 여러 개일 것이 분명. 같은 고장에서 태어난 곳(지연)의 '향우회', 같은 학교 출신(학연)의 '동창회', 성씨(혈연)가 같은 '종친회' 등등. 시대흐름이 '단체'보단 '개인' 중심으로 흘러가기에, 모임이 적어졌다지만 아직도 건재한 건 엄연한 사실.

주변의 얘기를 종합해보면, '호남 향우회'와 '고대 동창회', 그리고 '해병 전우회'가 우리나라 3대 모임. 누구나 수긍할 것이라 생각. 그렇다면 호남에서 태어나 고대에 들어가 해병대로 입대하는 건 꽤나 있을 법한 루트. 세 곳 모두 해당된다면 축복인 것인지, 아님 부담인 것인지는 각자 판단할 몫. 그럼에도 세 곳 모두에 해당된다면 정치를 해도 충분히 했을 법. 연에 따라 투표하는 사람이 꽤 많다는 건 공공연한 비밀인 까닭. 실제 선거철 선거벽보만 보면 웬 경력들이 그리 많은지 신기할 정도.

이와 반대로 모임 스트레스에 시달리는 사람들도 여럿. 심지어 모임이 많아지는 연말이 되면 울렁증을 호소하는 이들도 꽤 있을 거란 얘기가 회자될 정도. 당당히 거부하면 될 것을 굳이 울렁증까지 생겨가며 나갈 필요는 없을 거라 생각.

모임의 목적

모임의 목적은 지연, 학연, 혈연뿐 아니라 여럿. 단순 친목을 목적으로 하는 '친목회'부터 시작해 취미를 공유하는 '동호회'까지. 허나 동호회 때문에 이혼상담이 느는 추세라는 전언. 실제 이 같은 얘기가 곳곳에서 회자되고 있는 가운데, '등산'과 '골프', 그리고 '배드민턴' 동호회가 특히나 심하다는 게 인터넷 검색 결과. '일석이조'라고 가볍게 웃으며 넘기는 사람들도 있을 법. 불륜이 죄에 해당되지 않는 마당에 왜 참견이냐는 반응도 곳곳. 그러나 선을 넘은 행동에 대해 변명할 여지가 없다는 생각과 '과유불급'이라는 말이 머릿속을 지배.

모임은 영어론 클럽(club), 한자로는 '구락부(俱樂部)'. 역사책에 '정동구락부'가 많이 등장하는데, 1895년 서울 정동(貞洞)에서 개화파 정치인들과 서구 외교관들이 사교와 친목도모를 내세우며 만든 모임. 또 친목으로 시작했지만 일제 대응 차원에서 서구 열강을 끌어들이기 위한 정치적 목적으로 변화. 정동구락부 출신 중엔 을사오적 '이완용'이 가장 유명. 이완용이 친일파로만 알려졌지만, 원래는 친러파. 하지만 죽기 전 후대에게 꼭 미국과 가까워져야 한단 유언을 남길 정도로 해외 정세에 빠삭했던 건 주지의 사실. 그럼에도 좋게 얘기해 정세 타령이지, 결국 지 잘 살기 위한 방편이었단 평가가 역사학계의 지배적 시선. 한편 정동구락부는 모임장소로 '손탁호텔'을 이용했다고 하는데, 현 정동길 한가운데에 위치했던 호텔. 정동길은 대한민국에서 몇 안 되는 근대화 거리. 여러 나라의 대사관뿐 아니라 근대를 상징하는 여러 건축물이 즐비해 반나절 여행하기 딱 좋은 곳. 또, 이곳엔 맛집이 많기로

소문났는데, '어반가든(파스타, 피자)', '덕수정(오징어볶음, 부대찌개)', '강남면옥(함흥냉면, 갈비탕)' 등이 대표적.

잘되는 모임의 특징

각자 여러 개의 모임이 있어도, 나중에 흐지부지되는 모임이 대다수라 생각. 모임 결성 당시 모임을 잘 이끌기 위한 전략에 대한 고민 없이 무작정 의욕만 앞세웠기 때문이라 생각. 또 모임이 잘 돌아가기 위해선 밥값 계산을 어떻게 부담할지가 5할 이상은 차지할 거란 게 주변의 공통된 반응.

우선, '모임'이란 게 재미도 있어야 하지만 나에게 어떻게든 도움이 돼야 활성화된다는 의견 여럿. 하지만 모두가 체면치레 때문에 이런 사실을 숨길 뿐. 인간관계가 그런 것처럼 나에게 필요가 없으면 모임의 의미는 퇴색되기 마련. 필요에 따라 모임의 결속력이 달라질 거란 뜻. '나'를 중심에 두고 이 모임에서 내가 얻을 게 뭔가를 생각해보고 '있다'면 나갈 것이고, '없다'로 결론 나면 불참을 선언할 터. 얻는 게 사람에 따라 다르겠지만, 보통의 경우 '폭넓은 인간관계', '정보 획득', '취미 공유', 그리고 만약에 있을지 모를 '보험용' 등이 모임을 이끄는 유인.

또 잘되는 모임의 특징은 잘 짜둔 집행부 구성이라 생각. 대게 회장으론 연령이나 사회적 지위를 고려해 선출. 수긍이 가는 면도 있지만, 반대 입장에 서는 편. 집에서나 회사에서나 짬밥(연령)에 따라 움직이는 시스템인데, 친목 모임까지 그렇다면 숨 막힐 지경인 까닭. 개인적으론 일명 '법카' 소지자나 지갑이 두둑한 사람이 회장으로 선출되는 게 마땅하다 생각. 회장의 재력이 모임 성패를 좌우할 거란 시선인 셈. 또, 총무의 '부지런함'도 빼놓기 어려운 특징. 모임 공지부터 시작해 장소 섭외, 그리고 메뉴 선택과 무사 귀가까지 해야 할 일이 산더미. 이 정도면 수고비 정도는 챙겨줘야 할 판. 결론적으로 회장은 '돈'으로, 총무는 '몸'으로 때우는 셈. 결국 '돈'과 움직일 '몸'만 갖추고 있다면 모임이 안 돌아갈 수 없는 구조가 마련됐단 의미.

일각에선 '약방에 감초' 같은 존재 또한 필요하다고 언급. 감초 역할이 구체적으로 어떤 건지 표현하긴 어렵지만 대충 떠오르는 이미지가 여럿. 쉽게 말해 '분위기 메이커'란 설명이 가장 근접할 거라 생각. 감초 없는 모임은 상상 불가. 모임의 구심점도 중요. 구심점이 사람이 됐든, 목적이 됐든 있어야 한다는 주장. 구심점이 모임을 지속하는 정체성이나 힘이라고 인식하는 셈.

이런 가운데, 모임에서 밥값은 누가 내는가에 관심. 회비로 내는 방법이 일반적이나, 모임 지속성 측면에서 바람직하지 않은 선택. 괜히 의무감이 들기 때문이란 게 주변 다수의 생각. 이처럼 모임이 부담이 되면, 불참자나 불참 횟수가 늘어날 것이고 결국 모임이 깨지는 건 시간문제. 누구나 경험했을 거라 짐작. 결국 모임 내 법카 소지자가 몇 있느냐가 관건. 이와 같이 모임은 의무가 아닌 권리여야 함을 머릿속에 꼭 가둬둬야 한단 생각. 특별한 목적 없이 어중이떠중이 끌어다 모임을 만들다 보면 결국 서로 얼굴 붉힐 일만 남을 거란 게 현장 일각에서 나오는 얘기.

모임 사례

이번에 소개할 잘되는 모임은 '5인방'. 5인방이라 쓴 건 아직 딱히 모임 이름이 정해지지 않은 까닭. 즉 동의 없이 스스로 지어낸 이름이란 의미. 나중에 들어올 항의를 원천 차단하기 위한 정당방위 차원에서 이유를 사전에 공지.

모임의 목적은 각자 판단의 몫. 그럼에도 몇 가지 유형화시켜 본다면 '필요에 의한 모임', '모이다 보니 필요해진 모임', '어쩌다 정이 든 모임', 그리고 '한 번 만나 보니 괜찮네로 시작, 거 참! 재미진 모임이 됐네 모임' 등으로 구분.

5인방은 맨 후자에 해당. 아직 서로 알아가기가 한창 진행 중인데도 불구, 단톡방에 들어가보면 거의 친척 수준. "가까운 남이 먼 친척보다 낫다."라는 속담과 일맥상통. 아침 인사부터 시작해 시시콜콜한 것은 물론이거니와 진지한 주제까지 뭐든 대화가 가능. 행여나 대화를 놓치기라도 하면 한참을 앞으로 당겨할 정도. "첫 끗발이 개 끗발이다."라는 말처럼 이런 모임은 경험상 얼마 못가는 게 일반적인데, 오래갈 것 같은 느낌이 드는 건 사실.

이 모임이 잘되는 이유는 감초가 많기 때문이라 생각. 5명 중 3명이나 감초 역할을 자처. 자존심 따윈 아랑곳하지 않고 오로지 모임에 열중한단 의미. 하나같이 따라갈 수 없는 수준의 말솜씨뿐 아니라 전문 지식, 그리고 경험에 밑바탕을 둔 추임새까지 모두 예상 밖. 평소 말발에 있어서는 주눅이 들지 않은 편인데 이 모임에선 예외인 모양. 이쯤 되면 너무 띄우는 게 아니냐는 시기나 항의가 들어올 법. 그러나 사실이라 후퇴하고 싶지 않은 심정 굴뚝.

217

또 5인방이 다른 모임 대비 앞서는 건 스스로 감초 3인이 서로 총무 역할을 자처한다는 것. 예를 들어, 장소 섭외부터 시작해 2차 모임까지 이미 그림이 그려져 있는 모양. 더불어 멤버끼리 궁합이 맞아야 하는 법. 하늘이 주신 궁합이 아니라 맞춰가는 궁합도 있을 거라 생각. 즉 모임이 잘되기 위해선 구성원 한 명 한 명이 총무, 또는 감초가 될 필요가 있을 거라 판단.

말그릇

말(言) + 그릇(器). 국어사전에 따르면, '말'이란 사람의 생각이나 느낌 따위를 표현하고 전달하는 데 쓰는 음성기호. 또 '그릇'이란 음식이나 물건 따위를 담는 기구. 따라서 말그릇이라 함은 말을 담는 그릇 정도로 해석. 말그릇에 대해 먼저 알아본 이유는 김윤나 작가의 《말그릇》을 소개하기 위한 목적.

《말그릇》은 말을 하는 행위에 초점을 맞추기보다는, 말하는 사람과 그 태도에 대해 말하는 책. 또한 기존 스피치 관련 자기계발서와도 차별화. 스피치 자기계발서는 말의 내용보다는 말하는 기술에 집중하는 책.

김윤나 작가는 '말'이란 기술이 아니라 매일매일 쌓아올린 습관이라고 정의. 즉 평소 보고, 듣고, 느낀 것을 담아 표출하는 행위라는 의미. 말을 하는 사람의 경험과 지식, 그리고 환경 모두가 담겨져 있다고 해석하는 셈. 따라서 작가는 말을 잘하기 위해선 말 그 자체에만 집중할 게 아니라, 그 이면에 있는 나를 함께 들여다봐야 한다고 주장. 그럴듯하게 말하려고 노력하는 대신 말을 만들어내는 저 깊은 곳, 말의 근원지인 자신의 내면을 알기 위한 노력이 먼저 필요하다고 설명. 꽤나 설득력 있는 주장이라 판단. 말을 교묘하게 하고 얼굴빛을 꾸민다는 뜻의 '교언영색(巧言令色)'이란 고사성어가 연상. 인성이 부족한 사람은 말을 번지르르하게 한다 해도, 진정성이 없다는 의미로 읽혀지는 대목.

또한 《말그릇》에서는 말그릇이 큰 사람들의 대화 목적은 소통, 갈등 극복, 사람에 대한 이해에 있다고 설명. 대화할 때 상대방과의 차이를 인정하고, 소통이 잘 안되는 경우에도 인내심을 가지고 대화를 이어나가라고 조언. 말그릇이 큰 사람 주변에는 자연스레 사람들이 모인다고 첨언.

말은 매일매일 하면서도 어렵게 느껴지는 건 모두가 동의. 하지만 《말그릇》에서 제시한 것처럼 자신의 내면을 성찰하는 것에서 시작. 생각이 말이 되고, 말이 태도가 되고, 태도가 습관이 되기 마련이기 때문. 평소 깊이 생각하고, 성실히 지식을 습득한다면 누구든지 진정성 있는 말을 할 수 있을 것으로 판단. 내가 말을 잘하고 있는지 확인하고 싶은 분들이라면 《말그릇》 일독을 권장. 《말그릇》이 당신의 말을 교정해주는 주치의 노릇을 해줄 거라고 확신.

거절의 미학

부탁을 들어주는 게 어렵듯 거절 또한 어려운 건 매한가지. 오지랖 넓은 사람들은 대체로 거절을 못하는 특징 소유. 거절 못하는 이유에 대해 제기되는 여러 의견. 먼저 일각에선 인간에겐 '사랑과 존중 욕구'가 있기 때문이라고 설명. 또 사회적으로 배제될 우려도 포함된다고 덧붙이는 모습. 이 밖에도 보통사람들은 거절당했을 때 자기 존재 자체를 부정당했다고 생각하기 때문이란 반응. 모두 행정학 교과서에서 자주 인용되는 '매슬로의 욕구단계이론'과 연관. 인간의 욕구는 '생리 → 안전 → 사랑·소속 → 존중 → 자아실현'의 욕구로 발전한다는 이론. 결국 사람들은 사랑과 소속, 그리고 존중받기 위해 거절을 못한다는 의미인 셈.

그럼에도 거절을 잘해야 하는 이유는 모두 수락하면 정작 본인 일에 집중하지 못할 뿐더러, 도움받은 사람은 앞에서는 고마워하지만 금방 잊기 마련이기 때문이라고 주변에선 귀띔. 호의가 계속되면 권리로 당연히 생각한다는 점도 거절이 필요한 이유. 호의가 권리로 변하는 걸 주변에서 자주 목격한 까닭. 부탁을 들어주고 상처만 받은 셈.

그럼 어떻게 거절해야 하나는 물음엔 정답은 없다고 대답. 여러 설이 난무하고 있단 뜻. 거절당한 상대의 취향이 제각각인 까닭. 그럼에도 공통적으로 거론되는 의견이 있어 다행. 우선 솔직하게 즉시 거절하라는 것. 거절 이유를 둘러대지 말고 분명하게 전달하라는 의미. 거절을 미루다 보면 골든타임을 놓치기 일쑤. 또 거절 이유를 장황하게 늘어놓으면 역공의 빌미만 제공할 거란 시각. 대안을 제시해보는 것도 좋은 거절법이라고 일각에선 언급. 허나 대안이 없을 때 부탁하는 게 일반적이라 현실성이 없단 지적도 제기.

이처럼 모든 의견이 꼼수 부리지 말고 '정공법'을 택하라는 조언이라 생각. 째째하게 굴지말고, 정정당당히 거절하란 의미. 부탁할 권리가 있다면 거절한 권리도 당연히 인정된다는 사실을 가슴에 새길 필요.

호구의 심리학

호랑이 호(虎), 입 구(口). 호랑이의 입이 어째서 호구인지 의문. 국어사전을 찾아보면, 두 가지 뜻이 기재. 첫째, 매우 위태로운 처지나 형편이라고 호구를 정의. 한자 뜻과 유사한 측면. 두 번째 뜻으론 '어리숙해서 이용하기 좋은 사람'을 의미. 우리가 알고 있는 그 호구. 일상생활에서 시용하는 '동네북'이나 '봉'과 같은 의미. 주변을 돌아보면 호구가 꽤 있을 거란 생각. 어원과 다르게 어리숙해서가 아니라 거절을 못해 호구가 된단 의미. 너무 착하기 때문. 또 거절하면 상대가 상처받을 걱정이 앞서기 때문. 동정심이 생기는 지점. "부탁을 거절할 줄도 알아야 한다."라고 조언을 해주고 싶은 심정. 호의가 계속되면 권리라 생각하는 건 인지상정. 늘 있는 경우라 설명하는 건 사족에 불과.

어떻게 됐건 부탁하는 사람은 늘 부탁만, 부탁을 들어주는 사람은 늘 들어주는 경우도 부지기수. 부탁하는 사람도 호구에게만 부탁하는 경향. 부탁 거절에 따른 심리적 상실감을 느끼지 않기 위한 본능 때문. 이런 사람이 옆에 있으면 한 대 때려주고 싶은 마음 굴뚝. 또 이런 부류의 사람은 아무 일 없을 땐 모든 부탁을 다 들어줄 것처럼 행동하는 특징. 하지만 막상 부탁을 하면 모른 체를 하기 일쑤. 이런 경우에 '어이없다', '어처구니없다'라고 표현. 또 '재수 없다'란 말을 해도 싸단 생각. 공자께서 말씀하신 사귀면 해로운 세 부류의 벗(損者三友, 손자삼우) 중 '겉으론 친한 척하고, 성의 없는 사람'에 해당. 아첨하는 사람과 줏대 없는 사람도 손자삼우에 해당. 겉으로 친한 척하지 말고 진심으로 사람을 대하란 교훈. 전국의 호구들께 종종 거절도 해야 상대가 고마워한다는 일상의 진리를 호소.

자삼우) 중 '겉으론 친한 척하고, 성의 없는 사람'에 해당. 아첨하는 사람과 줏대 없는 사람도 손자삼우에 해당. 겉으로 친한 척하지 말고 진심으로 사람을 대하란 교훈. 전국의 호구들께 종종 거절도 해야 상대가 고마워한다는 일상의 진리를 호소.

사회생활의 기술

사회생활이 고달프다고 하소연하는 이들이 여럿. 혼밥과 혼술 등이 편한 이유. 남을 의식하지 않는 행동이 속 편하단 증거. 사회생활이란 사람이 사회의 일원으로서 집단적으로 모여서 질서를 유지하며 살아가는 공동생활이란 게 국어사전의 설명. 이렇게 단순하게만 볼 수 없다는 생각. 공동의 목표 실현, 자기계발, 의사소통 등도 사회생활의 중요 요소로 자리매김.

예나 지금이나 사회생활에서 '신언서판'을 강조. 몸 신(身), 말씀 언(言), 글 서(書), 판단할 판(判). 사람을 평가하는 네 가지 기준. 현대사회에서도 면접에 활용하는 등 유용. 절대 공감. 사회생활에 유용한 신언서판을 현대적으로 풀이해보면, '신'은 외모뿐 아니라 체력과 건강, 그리고 스타일까지 포함한다고 생각. 보기 좋은 떡이 맛있어 보이는 것과 같은 이치. 또 '언'은 스피치인데 커뮤니케이션 능력과 일치. 대화와 발표, 더 넓게 보면 협상력까지 내포. '서'는 글쓰기 능력. 사회생활 초보자들이 참 어렵게 느끼는 부분. 하지만 매우 중요하단 생각. 직장생활에서 보고서로 말을 해야 하는 까닭. 여러 글쓰기 서적을 뒤져보면, 쉽고 간결하게 쓰는 것이 글 잘 쓰는 비결. 머릿속이 정리가 안 되면 쉽고 간결하게 쓰기 곤란. 글쓰기 전 생각정리부터 해야 하는 이유.

마지막으로 '판'은 판단력. 논리적 판단력뿐 아니라 정무 감각까지 포함시켜야 할 시대. 논리보다는 감정이 앞서는 경우가 많은 까닭. 특히 협상장에선 논리와 이성보단 상대에 대한 배려, 공감능력 등이 우선시. 논리는 필요에 의해 만들어지기 때문에 논리적으로 늘 충돌 소지. 전쟁이 일어나는 이유 중 하나. 신언서판이라는 목표를 달성하기 위해선 꾸준한 연습 필요. 한 번이 어렵지 여러 번 하다 습관이 되면 생활의 일부분 차지. 또 부족한 걸 채우기보단 이젠 잘하는 것을 더 돋보이게 하는 것도 능력인 시대라 생각.

인간 이해의 기본

주변에선 "사람 잘못 봤다."란 말이 자주 회자. 평소 안 그랬는데, 특정 상황에서 다른 면모가 보이는 까닭. 사람 본성이 나타나는 순간이 있는데, 바로 같이 살 때 본성이 드러난다는 반응이 여러 곳에서 감지. 결혼 전과 후가 바뀌는 경우가 다반사인 까닭. 결혼 전엔 감추거나 봐줄 만했는데 결혼 후엔 꼴 보기 싫다는 부정적 반응으로 전이.

또 돈이 걸린 문제가 있을 때 본성이 드러나기 마련. 유심히 보면 계산하는 순간 이유 없이 딴청 피는 사람이 종종. 한편 경조사 때도 본성을 볼 수 있다는 얘기도 회자. 남 경조사는 모른 체를 했다가, 갑자기 부고장을 돌리는 사람도 여러 번 봤던 기억. "열 길 물속은 알아도 한 길 사람 속은 모른다." 인간관계 어려운 건 예나 지금이나 마찬가지. 생각해보면 술주정도 사람 본성의 하나라고 생각.

취사병이 사라진다

군대에선 모든 걸 자급자족하는 게 원칙인 까닭에 병과가 여럿. 병과란 본인이 군에서 맡은 보직으로, 주특기와 같은 말. 예를 들어 걷고 총 쏘는 보병, 포 쏘는 포병, 운전하는 운전병, 연락하는 통신병 등. 밥 짓는 취사병도 마찬가지. 인터넷에 따르면, 과거 취사병이라 했던 걸 지금은 조리병으로 변경된 상황. 이유가 궁금했지만 사족이라 생략.

그럼에도 일각에선 앞으로 취사병이 없어질 거라고 주장. 처음 듣고선 '귀신 씻나락 까먹는 소리'라 생각. 군인들 밥 안 먹이겠다는 심산이라 오해. 하지만 이유를 듣고 나니 '그럴 수 있겠다'로 입장을 급하게 선회.

취사병이 없어진다는 건 밥을 안 주겠다는 의미가 아닌, 밥을 해주는 대체제가 있단 의미. 그 대체제는 민간 급식업체. 현재 일부 군에서 민간업체에 급식을 맡겨 운영하고 있다는 게 국방부 설명. 세상이 변해도 많이 변했다 생각. 정말 생각지도 못한 일이 벌어지는 바람에 놀람게이지 끝없이 상승. 국방부 자료에 따르면, 현재 8개 민간 급식업체가 26개 부대에 급식을 제공. 또 올해부턴 49개까지 대폭 늘릴 계획으로, 이는 전체 군인의 15%에 해당되는 규모.

특히 군에선 먹는 게 매우 중요. 나폴레옹의 "군대는 잘 먹어야 진격한다."라는 말이 이를 대변. 또 한창 먹을 나이인 20대 초반이라는 점과 고된 훈련과 노동으로 늘상 배고프기 때문. 또 군에선 먹는 재미 외엔 특별히 찾을 게 없는 점도 먹는 걸 중요하게 만드는 원인.

상황이 이렇다 보니 군에서 취사병은 PX병과 함께 선망의 대상. 취사병은 세 끼 밥을 챙기는 대신 모든 게 열외. 훈련도 안 하고, 야간 근무도, 작업도 안 하고 밥만 짓는다는 의미. 여기에 더해 '배식 특권'을 가지고 있는 터라 친분에 따라 많이 또는 적게 줄 수 있는 어마어마한 권력까지 보유. 이런 이유로 취사병 주변엔 늘상 일반 병사들이 따라붙는 모습을 어렵지 않게 포착. 기억을 돌이켜 보면, 일반 병사는 닭튀김 2개 먹기도 힘든데 취사병들은 풍족하게 먹고 있었던 장면. 이처럼 취사병 위상이 대단하기도 했지만, 요리기술을 배워 사회에 진출하는지라 군생활이 헛되지 않는 장점까지 보유. 보기엔 별 볼 일 없어 보이지만 참 내실 있는 주특기라 생각. 그런데 취사병이 없어진다는 소식을 전해 들으니 예비 취사병들의 표정은 우울해질 게 뻔하다 생각.

이런 가운데 군 소식에 밝은 한 예비역 병장은 부대 내 마트인 PX가 편의점으로 대체되고 있는 터라 담당 PX병도 없어지는 건 시간문제라 주장. 군대 내 2개의 꿀보직이 사라지는 셈. 또 이러한 소식을 전해들은 현역 병사들 사이에선 보병이나 포병을 민간 아웃소싱하면 군의 사기는 크게 높아질 거란 우스갯소리도 회자.

느리게 사는 법

100세 시대 돌입 초읽기. 인생 사이클로 치면, 30세까지 공부하고 이후 60세까지는 돈 벌고, 은퇴 후 40년간 뭐하며 살지가 관건. 노후생활이 가장 긴 셈. 최악의 경우엔 40년 동안 아프며 지낼 가능성. 이런 까닭에 노후는 미리미리 준비할 필요. 주변 분들께선 즐거운 노후를 위해선 3가지가 필요하다고 언급. '건강', '자산', '인간관계'가 바로 그것. 건강해야 무엇이든 하고, 돈이 있어야 원하는 것을 하고, 같이 할 사람이 있어야 도전도 할 수 있단 의미. 절대 공감.

여기에 하나 추가하자면 취미라고 생각. 노후엔 돈 안 드는 취미가 제일이란 말이 주변에서 회자. 산책, 독서, 글쓰기 등이 대표적. 미리 건강 관리하고, 자산 축적도 하고, 사람과의 관계도 잘해놓을 필요. '거안사위(居安思危)'란 고사성어가 연상. 편히 지낼 때 위태로운 일을 대비하라는 뜻.

금주

작심삼일 끝판왕. 금연, 다이어트와 함께 실천하기 어려운 종목. 술의 중독성 때문인지 술의 유익함 때문인지는 아리송. 의학계에선 전자를, 애주가들 사이에선 후자를 선택할 개연성 농후.

술은 필요악이란 게 세간의 시선. 나쁘지만 끊어선 안 된다는 의미로 해석. 적당히 마시라는 대안도 있지만 말처럼 쉬운 일이 아니란 게 금주를 결심했던 이들의 공통된 지적. 금주보다는 절주로 선회하는 이들이 여럿. 절주를 하면 정신적으로나 육체적으로나 좋아지는 게 다수. 특히 비염이나 식도염 같은 기저질환이 완화. 또, 수면의 질이 향상돼 기상 시 개운하고 머리가 맑아진 느낌. 머리가 무겁지 않은 게 제일 큰 효과. 게다가 체중도 감소. 술과 안주가 고칼로리란 방증. 과음 후 며칠 쉬라는 얘기가 딱 들어맞는 순간.

다만 술을 마실 땐 3박자가 맞아야 한다고 생각. 좋은 술과 음식, 그리고 좋은 사람. 특히 기 빨리는 사람과는 멀리할 필요. '비인'과는 말도 섞지 말란 《주역》의 경구가 연상. 비인은 소인배로서 대인과 대비. 나이가 들수록 인연인 줄 알았는데, 악연이었던 사람들이 여럿. 불가에서도 스쳐 지나는 인연에 얽매이지 말라고 조언.

손글씨와 글씨체

최근 사람의 글씨체와 사회적 성공 가능성 간 연관이 있다는 주장이 제기돼 눈길. 필적학자 구본진 교수가 한 방송 프로그램에 출연해 주장. 구 교수에 따르면, 글자의 마지막 부분을 휘갈겨 쓰지 않고 끝까지 이어 쓰는 건 인내심이 강하다는 뜻. 또 쓰는 속도가 빠르면 성격이 급한 것으로 무슨 일이든 효율적으로 해내려 노력한다는 의미.

이 밖에 글자의 세로선을 길고 시원하게 쓰는 건 최고를 지향하는 마음이 있다는 뜻. 마지막으로 'ㅁ'과 'ㅇ'과 같이 닫힌 형태의 자음을 쓸 때 뚫린 곳 없이 쓰는 건 꼼꼼한 성격이란 증표. 한편 구 교수는 글씨는 단순한 표현수단을 넘어 개인의 내면을 반영하는 거울이라고 언급하며, 간단한 메모라도 끝까지 빈틈없이 쓰도록 노력할 것을 제안.

쓰는 내내 헛웃음. 믿어아 할지 말아야 할지 내내 혼동. 이 때문에 '필적학'에 대해 찾아보니, 사람의 손글씨로 성격이나 심리를 파악하는 학문이라는 설명. 다만 프랑스에선 학문으로 인정하고 있지만, 국내 학계에선 학술적으로 검증이 빈약해 학문으로 인정하지 않는 분위기라는 게 검색 결과. 더 혼동.

천재는 악필이라는 주장에 대해 구 교수는 어떤 답변을 내놓을지 궁금. 반기문 전 유엔 사무총장, 안철수 의원 등이 악필이란 소문. 일각에선 천재가 악필인 이유를 제시. 필체는 뇌의 흔적이라고 하는데, 뇌가 생각하는 걸 손으로 적는단 의미. 천재들은 뇌에서 생각하는 걸 손이 따라갈 수 없기에 악필이란 주장. 무릎을 칠 만한 주장이지만 결국은 케이스 바이 케이스. 그럼에도 예부터 글씨체는 '신언서판'에 포함될 정도로, 글씨체가 그 사람의 됨됨이를 말해주는 것이라 하여 매우 중요시한 건 분명. 신언서판이란 사람을 평가하는 기준으로, 용모, 말, 글, 판단력을 의미. 궁금증을 풀기 위해 작성을 시도해봤지만 뒷맛이 찜찜. 어쨌든 보기 좋은 떡이 먹기 좋은 법이니 글씨를 정성스럽게 쓸 필요는 있는 것은 사실. 이에 대해 공감하는 사람들이 많은지 서점가에선 손글씨 교정 관련 책들이 여럿.

신문 읽기의 기술

이번 글 주제에 대해 일각에선 뜬금없다 생각할 수도 있겠다 예상. 신문 보는 데 무슨 방법이 있냐 시각인 셈. 이런 의견도 있을 수 있다 생각. 신문 읽기의 기술을 말하는 이유는 짧은 시간 안에 효율적으로 신문을 읽는 방법을 알고 싶었던 까닭. 보통 신문 한 부는 웬만한 책 한 권 분량에 버금. 중앙일보 기준 평균 신문 지면 수는 총 40면. 물론 광고까지 포함돼 있지만 적은 글씨 폰트를 고려하면 책 한 권은 과장이 아니라고 판단. 여기에 더해 일부 기업 직원들은 회사업무와 관련된 기사를 모아놓은 스크랩까지 있어 어떻게 다 읽어야 할지, 읽기도 전에 부담을 느낀 경험은 누구나 있을 법.

이뿐 아니라 이른 아침 지인들로부터 카톡을 통해 전달되는 뉴스 요약 메시지까지 보탠다면, 아침시간은 신문 보는 데 급급하기 일쑤. 경험상 '종이신문＋업무 관련 스크랩＋카톡 통한 정보' 3종 세트 읽는 데 30분 넘어가면 부담. 솔직히 읽고 나선 기억에 남는 건 몇몇 단어에 불과. 상황이 이런데도, 주변에선 신문의 효용을 강조하며 정독을 권유. 하지만 불가능하다 생각. 정독을 하시는 분들도 분명 있을 수 있겠지만, 보통의 사람으로, 보통의 시각에선 어렵단 의미. 정독하기 어려운 건 시간이 없을 뿐더러, 온종일 신문에만 매달릴 순 없기 때문. 신문이 유용한 건 익히 알고 있지만, 일도 해야 하고 친구도 만나야 하는 등 신문 말고도 할 일은 산더미.

그럼 이제부턴 어떻게 신문을 봐야하는지 생각해볼 필요, 주로 '발췌독'을 하라는 게 지인들의 조언. 발췌독이란 뽑을 발(拔), 모을 췌(萃), 읽을 독(讀)을 써, 필요한 부분만 뽑아 읽는다는 뜻. 우선 다 읽을 생각을 버려야 한다는 의미로 읽히는 셈. 꼭 알고 싶고, 기억하고 싶은 것만 보란 뜻. 관심분야를 읽고 난 후엔 기사 제목과 소제목 정도만 머리에 담아두면 신문 구독은 끝난 셈. 신문에 밑줄도 그어보고, 메모도 해봤지만 하루 이상 못 가 포기한 적이 여러 번. 전체를 다 봐야 한다는 생각을 버리니 관심 기사에 집중하는 느낌.

신문뿐 아니라 책도 마찬가지. 책도 서문을 읽고, 목차를 훑은 후 관심분야만 읽는 것도 훌륭한 독서법이라 생각. 시간은 한정돼 있고, 기억력도 한계가 있기 때문. 하루 24시간을 읽는 데에만 할애할 수 없다는 점을 머릿속에 꼭 담아둘 필요. 직장인들 하루를 복기해보면, 출퇴근 2시간과 업무 8시간, 그리고 식사 2시간과 수면 8시간을 제외하고 나면 4시간 안팎. 이 4시간에 오로지 신문과 독서에만 투자한다는 건 불가능. 발췌독 외엔 답이 없다는 결론.

첫인상과 이미지

처음 만났을 때 형성되는 이미지. 첫인상에 영향을 주는 건 외모, 태도, 표정 등 여럿. 일각에선 목소리도 첫인상에 중요하다는 의견 제기. 미국의 사회심리학자 앨버트 멜라비언 교수는 첫인상에 있어 외모, 표정, 태도 등 시각적 요인이 55%, 목소리 등 청각적 요인이 40% 정도 차지한다고 주장. 설득력 있다고 생각. 첫 만남에 "목소리 참 좋으시네요."라며 호감을 표시하는 경우가 종종 있기 때문.

한편 첫인상은 3초 내 결정된다는 건 이미 알려진 사실. 첫인상이 미치는 영향을 '초두 효과' 또는 '첫인상 효과'라고 하는데, 처음 제시된 정보나 인상이 나중에 제시된 정보보다 기억에 더 큰 영향을 끼치는 현상. 글쓰기에서도 첫 문장이 중요한 건 마찬가지. 보고서 첫 줄, 또는 첫 단락이 승부수란 의미. 서두가 읽혀져야 끝까지 읽히는 법이기 때문. 책 구입하려 할 때 첫 페이지가 구매를 결정하는 중요 요인. 두괄식으로 작성하라는 것과 일맥상통. 사람은 기억력에 한계가 있어 보고서 내용 전체를 기억하기 곤란. "명동역에 있는 다이소에 가서 볼펜 하나만 사다 줘." vs "볼펜 하나만 사다 줘, 명동역 다이소에서." 중 어떤 글이 기억에 남을지는 자명. 볼펜 사는 게 중요하지, 명동 다이소에 가서 사는 건 부수적이기 때문.

말하기에 있어서도 마찬가지. 장황하게 말을 늘리다 보면 나중에 아무것도 생각이 안 나는 건 당연. 상대 얘기 다 듣고

난 후 "그래서 뭐?"라고 했던 경험이 여러 번. 읽을 것도 많고
기억할 게 많은 요즘 세상, 중요한 것만 보고 기억하는 것도
삶의 지혜라 생각.

난 후 "그래서 뭐?"라고 했던 경험이 여러 번. 읽을 것도 많고
기억할 게 많은 요즘 세상, 중요한 것만 보고 기억하는 것도
삶의 지혜라 생각.

사람 일은 아무도 모르는 법. 책을 내는 일은 내 운명에 없는 줄. 우연히 시작했던 일이 결국 책이라는 필연으로 돌아온 결과. 이래서 인생은 살아볼 만한 가치. 앞을 내다보지 못하는 게 불안할 수 있지만, 뜻밖의 행운이 슬쩍 끼어드는 순간도 있는 까닭. 첫 원고를 넘기던 날에 해본 회상. 직장 생활 초창기, 보고서 한 장도 제대로 못 쓰는 모습에 재능 없음을 자책했던 수많은 날들. 남몰래 도망칠 궁리도 여러 번. 그럼에도 "뜻이 있는 곳에 길이 있다."라는 말을 몸소 체험.

평소 보는 것보단 읽는 것을 선호하는 편. 읽을 땐 꼭 펜을 드는 습관. 읽으며 메모한다는 의미. 메모라기보단 낙서 수준. 그런데 그 낙서들이 모여 어느새 문장으로 완성. 글 쓰는 연습은 주로 신문 사설 활용. 처음엔 똑같이 따라 쓰는 필사의 방법. 그 다음엔 글의 구조 파악. 마지막에는 정리된 생각 기록. 이걸 반복하다 보니 어쩌다 된 작가. 횡재한 기분. 꿈인지 생시인지 아직도 오락가락.

나이가 들수록 시간이 빠르다는 말을 실감. 주변에서도 같은 반응. 그렇지만 시간은 붙잡을 수 없는 법. 지나가는 시간을 흘려보내지 말고 무언가 남기기로 결심. 하루 한 편의 '토막글' 작성. 그렇게 시작한 글쓰기를 어느새 삼 년 동안 지속. 하루 동안 보고, 듣고, 읽고 느낀 모든 것이 글의 소재. 결과적으로 하루를 붙잡은 느낌. 특히 상식 취급받지 못하는 것에 대한 높은 관심. "글은 언제 쓰나?"는 질문에 대한 대답은 "틈

틈이". 주로 출퇴근 이동하는 길에 쓰는 편. 그리고 남들 자는 새벽. 이때가 가장 방해받지 않는 시간. 그래서 이때가 글발의 절정.

돌아보면 가장 큰 힘은 주변의 칭찬. "이 글 좋다."는 한마디에 어깨 으쓱. 역시 "칭찬은 고래도 춤추게 한다."라는 말은 과장이 아닌 현실. 이 자리를 빌려 읽고 말 건네준 모든 분들께 감사의 인사 전달. 그리고 가족이나 지인들과 돌려 본다는 말을 들었을 때의 흐뭇한 기분을 기억. 이런 분들께도 마찬가지로 감사 인사. 또 회식자리 이야깃거리로 활용한다는 소식도 가끔 들리는 편. 작은 실천이 칭찬으로 돌아온 셈.

이 이야기를 세상에 꺼낸 건 글쓰기는 누구나 할 수 있다는 걸 알려주기 위한 목적. 읽고, 적는 일을 꾸준히 하다 보면, 누구든 작가라는 타이틀을 거머쥘 수 있을 거란 확신. 한 번 사는 인생, 한 가지 직업으로 끝내긴 아깝다는 생각. 마지막으로, 이 책에는 몰라도 사는 데 아무런 문제없는 상식들로 가득. 그런데도 '에필로그'까지 온 분들은 남다른 식견이 있다는 방증. 몰라도 될 상식은 알면 쏠쏠한 재미라는 것을 알고 있는 덕분.

앞으로도 꾸준히 글을 쓸 계획. 이전과 같이 세상과 사람, 그리고 생각을 소재로 삼아 글로 남겨볼 터. 강[河]처럼 흐르는 세상과, 땅[土] 위에 사는 사람들, 그리고 하토상의 생각[想]. 이 책은 그 모든 것을 글로 옮긴 기록. 河土想.

하루 토막 상식

세상을 다르게 보는 지식

초판 1쇄 발행 2026년 2월 7일

지은이 하토상
펴낸이 김현종
기획총괄 배소라 **출판본부장** 안형태
편집 최세정 진용주 황정원 김수진 장진경
디자인 조주희 김연주 **마케팅** 김예리 신잉걸
방송사업·미래전략본부 정태준 문상철 이주리 백범선 남궁주철 김대준

펴낸곳 (주)메디치미디어
출판등록 2008년 8월 20일 제300-2008-76호
주소 서울특별시 중구 중림로7길 4
전화 02-735-3308 **팩스** 02-735-3309
이메일 medici@medicimedia.co.kr **홈페이지** medicimedia.co.kr
페이스북 medicimedia **인스타그램** medicimedia
유튜브 medici_media

ⓒ 하토상, 2026
ISBN 979-11-5706-523-3 (03810)

이 책에 실린 글과 이미지의 무단 전재·복제를 금합니다.
이 책 내용의 전부 또는 일부를 재사용하려면 반드시 출판사의 동의를 받아야 합니다.
파본은 구입처에서 교환해 드립니다.